我们都是突然长大的

艾小玛 著

The Moment We Grow Up

CNS
湖南文艺出版社
HUNAN LITERATURE AND ART PUBLISHING HOUSE

博集天卷
CS-BOOKY

图书在版编目（CIP）数据

我们都是突然长大的 / 艾小玛著．—长沙：湖南文艺出版社，2014.9

ISBN 978-7-5404-6874-3

Ⅰ．①我… Ⅱ．①艾… Ⅲ．①随笔－作品集－当代 Ⅳ．①I267.1
中国版本图书馆 CIP 数据核字（2014）第 203852 号

上架建议：情感・励志

我们都是突然长大的

著　　者：艾小玛
出 版 人：刘清华
责任编辑：薛　健　刘诗哲
监　　制：刘　丹　张应娜
策划编辑：刘　霁
营销编辑：李　颖
装帧设计：八　牛
版式设计：李　洁
出版发行：湖南文艺出版社
（长沙市雨花区东二环一段 508 号　邮编：410014）
网　　址：www.hnwy.net
印　　刷：北京鹏润伟业印刷有限公司
经　　销：新华书店
开　　本：880mm × 1230mm　1/32
字　　数：220 千字
印　　张：10
版　　次：2014 年 9 月第 1 版
印　　次：2014 年 9 月第 1 次印刷
书　　号：ISBN 978-7-5404-6874-3
定　　价：35.00 元
（若有质量问题，请致电质量监督电话：010-84409925）

大多数时候，适当舍弃眼前的快乐，
获取长久的快乐，是值得的。

每一年回头看看，就是觉得人生不一样了，就是觉得过去的自己太幼稚了。或许所谓的成长，就是在自我反思的一刹那，突然之间产生的。

目录

我们都是
突然长大的

PART 1
真爱，快到碗里来！

PART 2

这个世界靠卖萌是没用的！

PART 3

喂喂喂，认命可不行啊！

PART 4
总有一些伤和痛，让我们瞬间长大

PART 5

学会做正确的事情，而不是容易的事情

无论再怎么长大，世间如何变幻，她永远不想变得圆滑机智，她想像个少女一样，一直这么活下去。

善意，并不是用来装饰自己的珠宝，而是支持你不崩溃的力量。

前言之一：我是艾小玛

01.

大家好，我是艾小玛，

Emma艾小玛。

打算去学芭蕾舞。

莽撞笨拙如我，小时候也是跳过舞的呢！尽管跳得很糟糕，经常被小朋友们鄙视，不过，我还是玩得很开心。

╮(╯▽╰)╭

然后，我还打算去学画画。

争取早日画猫是猫，画狗是狗。

02.

03.

15:51，我坐在办公室里写 PPT（幻灯片）。

北京的下午，一点都不优雅。除了雾霾过重，什么都没有。中午吃了日本料理的三文鱼炒饭，喝了挺淡的鸡汤，和同事胡扯一顿。

有时候，真的不想工作！我只想躺在地上打滚儿、睡觉，带着柯基去游泳。

但是转念一想，如果不工作赚钱，心情不好的时候只能吃咸菜、喝两块钱的汽水；有钱的时候，却可以和闺密去温泉酒店度假，做个 SPA，吃一顿好的。尽管我真的不怎么相信 SPA 的功效，不过心情不好的时候，被技师捏个毛细血管破裂（她们管这个叫出痧）还是很痛快的。

朋友对我这个观点颇为不屑，他认为我注定成不了伟大的思想家、严肃的文学家之类的人。他建议我应该立刻把 iPad 壁纸换成海明威的头像：提醒自己要多创作、多思考、多读书，少玩耍、少享乐、少卖萌。

04.

前些日子，买了一本日本主妇写的书，大概是教人怎么做家务，怎么做饭，怎么收纳。我觉得，大多数人对于家务的厌恶源自长辈。比如说，长辈经常一边扫地，一边吐槽“我命怎么那么苦啊”；或者，家人常年做一些很难吃的饭菜什么的。久而久之，你就会认为做家务是痛苦的，也难怪很多年轻的男生女生以不做家务为荣了。

实际上，处理好家务事需要不少智慧呢。

你要考虑如何采购合理的食物，营养怎么搭配，如何有效地利用空间，保证家人都生活在舒适的环境中。深受那本书的启发，我开始每天起来做早餐，保证早餐里有主食、水果、蔬菜、蛋白质、坚果；晚上也少和朋友胡吃海喝，在家做起清淡小食。

除了洗碗是一件悲痛的事情，剩余的时间，我常常觉得自己健康得不行了。

我觉得受教育是很重要的。

受教育并不是为了显摆“我的学历有多牛”，而是在人生的过程中，你遇见过一些智慧的指引者，他们教会你心怀悲悯，学会理性与独立思考。

好的教育还有一个好处，它教你怎么和人相处，怎么爱一个人，同时避免在地铁上演殴打男朋友的戏码。

05.

06.

一般对前任念念不忘的人，不见得有多爱前任。而是，他再也找不到像前任那么好的人了。

所以，忘记前任最好的方法，就是赶紧提高自己。

07.

正义感是很重要的。

对于不公正、不对的事情，敢于发出自己的声音的家伙，真的太性感了。

语言也是一种行动，语言并不是不作为。

08.

北京的空气什么时候能变好呢？

我觉得演员是很神奇、很重要的职业。

与糟糕的演员合作是一件悲痛的事情（如果再碰上一个不会指导的导演就更得哭了），他们能把你气得口吐白沫，甚至令你禁不住怀疑他的表演是跟体育老师学的。

而好的演员，他们在镜头前有一种非常舒展的感觉，光是从监视器里看，都会被他的情绪和表演所感染。Alan Rickman[1]就是那种特别舒展的演员，他轻而易举地把剧本里的角色变成立体的人物，让你有一种“故事就发生在眼前”的感觉。

09.

1 艾伦·里克曼，《哈利·波特》系列电影中魔药学教授西弗勒斯·斯内普的扮演者。

10.

善意，并不是用来装饰自己的珠宝，而是支撑你不崩溃的力量。

无论男生还是女生，都不能活得那么任性。不能觉得自己想要什么，就可以完全不考虑别人的感受。如果你总是通过错误的方法得到东西，渐渐地，你就会认为“那样是对的”，直到有一天生活狠狠地扇你一个大耳光。

最后

我们不必对恶低头，更加不必去践踏善。世间万物，不过是因果循环。

前言之二：是什么让那些男孩和女孩一夜长大

即使到今日，她仍然记得下课和同学到学校旁边咖喱屋吃饭的情景。

那家店的环境很简单，白色的桌子，天蓝色的餐具，还有萌萌的大勺子。老板是一个长相英俊的年轻男子，他专门向女中学生兜售美味而便宜的食物和饮料。不知不觉地，这家店就成为她们常去的地方。

在这家小小的餐厅里，她们聊着小女生的心事。这些话题大部分都是漫无边际的，大部分是关于某某和某某交往了，某某失恋了，我爱的某某到底爱不爱我……一代又一代人过去了，而青春期的女生所讨论的话题，来来去去总是那么几个。少女们对成年社会充满迫不及待的渴望，希望像大人一样恋爱、工作、体验生活；在十四五岁的年龄里，她们偷偷去港汇买 ANNA SUI[1] 的彩妆，攒着零花钱买一小管

1 即安娜苏，世界著名时装及彩妆品牌。

Dior[1]的唇膏，购买性感而华丽的裙子，故意把头发染成酒红色，这些行为并不仅仅出于叛逆，更多的是对于成人社会的渴望，迫不及待地向世界宣告——嘿，我们来了。

她们努力地长大却迟迟不被接纳，成人社会仍然嘲笑着“小破孩儿，懂什么呢？”然而，突然有一天，她和男朋友漫步在路上，说着青春时期的趣事儿，她突然明白——时光早已经离她而去，岁月已经在心智上留下一道道痕迹，少女的身份也随之消失，取而代之的是女人。

那个傍晚，她坐在咖啡店里，面对着曾经最爱的焦糖摩卡，思考起成长到底是从什么开始的？那些欢乐和竭尽全力的模仿没有让她长大，那些长辈的孜孜教导没有，那些闺密旅行团也没有。

记忆很模糊，也很碎片化。她记起第一次和好朋友绝交，独自一人度过孤单的暑假，她开始明白人与人之间的关系是脆弱的；14 岁那一年，她任性地触犯校规，结果被处罚打扫图书馆一个学期，她愤愤不平地擦着书架，被迫学习承担责任；16 岁那一年，她和初恋男朋友由于价值观而爆发剧烈的争吵，她躺在床上辗转难眠，纠结于“人与人为什么如此之不同”；18 岁那一年，她站在人生的分岔路口不知如何是好，开始犯错，受伤，自爱自怜……当黑历史像画面一般在脑海中展现，她仍然想不起自我意识到底是如何萌生、爆发。不过，每

1　即迪奥，法国著名时尚及奢侈品品牌。

一年回头看看，就是觉得人生不一样了，就是觉得过去的自己太幼稚了。或许所谓的成长，就是在自我反思的一刹那，突然之间产生了。

她想了很多，有些困惑，有些抱歉（尤其是对自己伤害过的人），有些感激。在一次一次的实践中，她不断地与过去说再见，奔向下一个目标——就连曾经每天一杯的焦糖摩卡，她也不爱喝了，嫌弃它味道过于甜腻，冰水是她目前最爱的饮料。她读过许多书，作者们不厌其烦地教育普罗大众要爱上成熟后的自己，不要恐惧流逝的时光。可是，这又叫人如何不恐惧？人们之所以拒绝长大，并非仅仅是出于对旧时光的怀念，更多的是拒绝一秒一秒地迈向死亡。

电光石火之间，她萌生出一种想法，一种将会被世人嘲笑的愚昧的观念，她决定——无论再怎么长大，世间如何变幻，她永远不会杀死心中的那片幼稚。她不想圆滑机智，她想像个少女一样，一直这么活下去。

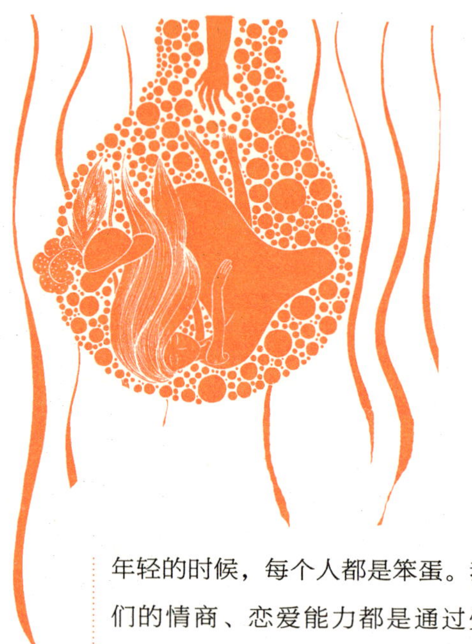

年轻的时候，每个人都是笨蛋。我们的情商、恋爱能力都是通过受伤、实践而习得。

PART 1
真爱，快到碗里来！

不要和这种人谈恋爱

许多长得很萌的妹子，上淘宝买个小东西都要纠结很久的妹子，在找男朋友的事情上，却变得特别迷糊！

所以在这里科普一下，哪种男朋友是绝对不能要的！！！看清楚了！！！保证让你不受伤害！！！

/ 情感狂热的男人 /

这种男人看起来很正常，但是他们其实是非常容易丧失理智的一群人！他们非常会说甜言蜜语，然后经常给你打电话，相识没多久就叫你“老婆”之类的，甚至在朋友圈、微博，发一些他非你不娶之类的话。请相信我，他要么是一个情感不能自制的人，要么只是想和你建立短期关系的人！因为一个人格健全的人，对于另一半的选择是非常谨慎的，他会通过相处来确认你是不是一个合适的人。当然，如果他是已婚人士，只是想找一夜情，自然也非常会哄你，然后和你上床。这种人，会很快爱上你，也会很快爱上其他人。到时候就剩下你一个人伤心了。

/ 自以为是潜力股的男人 /

哪儿有比这种男人更可怕的？他们肯定都说自己是天生的创业者，是天才，但是他们可能读书读得很一般，也没有去大企业上过班。这种人，你怎么能够相信他们是潜力股？一开始，你可能会被他们狂热的梦想吸引，但是很快你就会发现，他什么都做不了。如果一个男的和你许诺自己是只潜力股，请看一下他做了什么，做过什么，而不是他说了什么。

/ 认为自己绝对正确的男人 /

他们会认为自己都是对的，世界要围绕着自己转，在你们的关系中，永远都是你脾气不好，他是不得不发脾气的。你一定要小心这种人，因为如果有一天你想和他讨论如何抚养孩子的问题，讨论两个人的未来，只要你不合他的意，他一定会和你翻脸的。

/ 病态的控制欲男人 /

他们会要求你做这个做那个，不能和他们不喜欢的人接触。他会主动破坏你和朋友的关系，美其名曰是保护你。其实，他只是想切断你和外界的联系，让你陷入孤独无助的境地而已。

/ 脾气很大的歇斯底里男人 /

他们永远不害怕在公共场合骂人，他们可以随意地羞辱你，他们甚至有暴力倾向。请一定要警惕他们！不管他们说要如何改正，你会发现自己只会不断地受伤。

/ 没有底线的男人 /

他们喜欢宣扬，人只要成功就好，可以不择手段！他们认为为了自己的利益，可以随意损害他人的利益。请相信我，如果有一天你们分手，你肯定会被他扔出家门的。因为他们只在乎自己得到什么。

/ 脾气波动大的男人 /

有一种人，他们高兴的时候特别高兴，但是只要让他们有一点儿不爽，立刻就会晴转阴，和你一通嘶吼，拍桌子。和这样的人生活在一起，你必须提心吊胆，心情就跟过山车一样。久而久之，你也会变成神经紧绷、歇斯底里的人。

/ 报复心强的男人 /

在交往中，请特别留意和分辨他说的话。这种人，经常会说“等我有钱了，看我不弄死他”“我以后得让他付出代价”之类的话。他们或许不能真正地实施自己的报复计划，但是只要有机会，他们是一定会报复的。他们的心里充满仇恨、愤怒，但在现实生活中往往是懦弱的小人物。如果你有一天想和他分手，或者做了让他不开心的事情，他真的非常有可能大闹一场，让你身败名裂。

/ 不注重个人声誉的男人 /

这种人喜欢在公共场合大吵大闹，和你吵架厮打，完全不顾及颜面。做这种事情的动机很简单，他们觉得这样能让你难堪，能羞辱你，让你更好地被控制。久而久之，你会害怕和他出现在公共场合，或者和他出门的时候变得唯唯诺诺的。

/ 有暴力倾向的男人 /

我认为女生对于暴力行为应该是抱着零容忍的态度。开头的时候，他可能不会直接打你，可能是拍桌子、砸东西、摔杯子，然后慢慢演变成掐你、推你之类的，直到演变成真正的暴力。你的每一次谅解，都为他下一次伤害你提供了机会。

/ 缺乏同理心的男人 /

他们无法理解他人的痛苦、快乐、烦恼，完全沉浸在自己的世界里。你和他说，我好伤心啊。他可能会回你一句，你为什么伤心？你凭什么伤心？和这样的人在一起，你任何的喜怒哀乐都无法被分担，等于你谈了一场自己和自己玩儿的恋爱。

/ 承诺等于放屁的男人 /

他们会答应你很多事儿，比如下一次我一定不这样，一定去做什么事儿。但是，这一切都不会发生。你的希望会一次又一次地落空，你还总以为未来有一天会好起来的。请相信我，他们是不会遵守承诺的。

/ 男权主义的男人 /

男权主义真的没有偶像剧里演的那么萌。现实生活中，他们喜欢一句又一句地说“男人的天性就是花心的”之类的话，不断地给你洗脑，让你接受三妻四妾的思想，要求你睁一只眼闭一只眼。你要相信，并不是所有的男生都是这样的，假装看不见，背叛的痛苦会不断累积，直到有一天彻底爆发。

/ 打击他人自信的男人 /

无论你做什么，他们都会说你这个不好、那个不好。无论你多么拼命地努力，他们就是对你不满意。打击他人能让他们感觉快乐，获得自信。你在这种人身边，正能量会被他们一点儿一点儿地吸光！

如何科学地追求男神

当我决定写这个话题的时候，其实还蛮怕挨骂的。大部分情感专家的基本论调是："你追求男人你要脸吗？"

我个人觉得追求男神不是问题，问题在于怎么追求。如果你是满脸尴尬之情地苦苦哀求，或者用夺命连环 call（呼叫）的方式追求对方，估计别说男神了，普通男生都会被你吓死。

男神并不见得是高富帅，但是他是你心中"最独一无二"的男生。

我觉得无论恋爱还是结婚，都应该和自己最喜欢的人在一起。和最喜欢的人在一起，就算排长队买电影都不会觉得无聊。为了结婚或者其他现实原因，随便和一个人在一起凑合，最后不甘心、不幸福的还是自己。真正的幸福和开心，比"被人羡慕""看起来幸福"更重要。

注意：如果男神已经有女朋友或者结婚了，请不要去当小三！！！

预备篇

/ 啰唆几句 /

很多女生把《一吻定情》[1]当成追求男神的范本。切记，那个是电视剧。艺术高于生活，把艺术带到生活里去你就等着哭吧。

/ 分辨男神 /

首先，男神和伪男神不能傻傻分不清楚。

有一些男生你感觉很赞，但是其实那是因为你被蒙蔽了双眼好吗?！在追求男神的时候，你首先要确认，对方是否是一个值得你投入精力和时间的真男神。

有一种男人再好也不能要：

1. 有女朋友的、已婚的，就算是金城武再世也不能要。

2. 自以为拥有性别优势，对女性缺乏基本尊重的。

3. 有钱没钱无所谓，没有同理心、三观不正的，送我也不要。

4. 不乱搞暧昧会死星人。

真爱从淘汰“不对的男生”开始!

/ 追求男神前，一定要做的事情 /

如果你已经确认男神的人品等各方面没有问题了。我们就要对男神进行更深入的研究。（喂，不要偷懒啊！）

1　改编自漫画的经典日剧，也叫《恶作剧之吻》，后被多次、多国改编、翻拍。

通过各种蛛丝马迹，要分析出他喜欢什么，有什么业余爱好，朋友圈是怎么样的。这个步骤不仅能让你更了解男神，还可以确认这个男神是不是你想要的人。万一他长得又帅又萌，但是三观不正，追了不也白搭吗?

1. 看他的社交平台，确认他是否单身，是否和别人在暧昧期。

2. 和朋友打听他的口碑好不好。

/ 不要把他当成高高在上的人 /

心态要放平稳!

不要把男神当成高不可攀的人，如果你真的认为他高不可攀，那估计这辈子你都泡不上男神了。

当你卑微跪舔、苦苦哀求的时候，你等于给对方传递了一个信息——“我不如你”“我在努力追求一段不应该属于我的爱情”。

考虑到人并非总是理性的，当他经常接收到你这种信号的时候，就会认为你是一个配不上他的交往对象。

跪舔你就输了!! 醒醒吧!!!

/ 赢得尊重，是一切的开始 /

任何良好关系的建立，都是从赢得尊重开始的。

如果你希望对方尊重你，你就要做一些能够赢得尊重的事情。

没有一个人会和一个自己看不上的人发展长期关系。如果你想和男神修成正果，你首先要让对方意识到，你是一个有独立人格的人，你有底线，有合理的三观，你需要被尊重。

获得尊重的3条原则：

1. 有底线。如果你是一个可以被随便践踏的人，别人自然觉得没有尊重你的必要。

2. 不卑不亢。随时记住，虽然你喜欢他，但你们是平等的。

3. 喜欢他，但也爱惜自己。

行动篇

/ 建立长期的接触 /

如果对方无法对你一见钟情，那么你就要考虑在长期接触中捕获对方。

千万不要今天和男神发了一条短信，然后超级久不联系，过了超级久的时间又对他示好。对方会被你搞得很疑惑，心想你到底要干吗呢？

比起“总是拿不准什么时候联系合适”，不如请他帮忙，或者一起做一个课题或者项目。总之，找一件能保证你们经常见面、联系的事情。

当你创造了彼此能经常接触的机会，你才能向他展示你是一个多么好的人。

/ 恰到好处地投其所好 /

投其所好，并不是指男神说自己喜欢吃油条，你就大清早买给他吃；或者他想要什么，你就立刻给他之类的，那是大大的错误！

我们只是要追求男神，不是要养儿子啊。哪怕你做吃的给他，也要有一种“顺便”而非“刻意”的感觉。

还有，请不要省吃俭用攒钱给男神买东西，那点儿钱还不如花在自己身上，把自己打扮得美美的。

投其所好还有一个重点是，让对方感觉到你和他是有共鸣的。

当对方感觉到自己是被认可的，或者遇到志同道合的人，自然会觉得很开心。

一个正常的男性，对于和另一半是否谈得来，是否有共同爱好，还是比较看重的，毕竟谁也不想每天吵来吵去或者无言以对。

你要先画一张图，找出彼此之间的吻合点。根据吻合点，来创造共同话题。

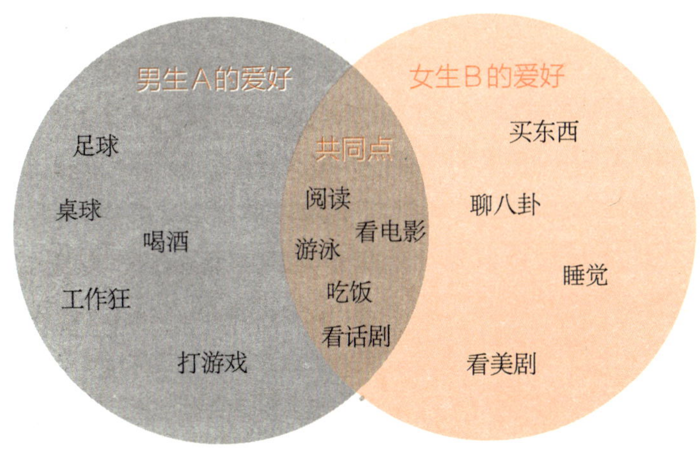

如何和男神相处

遇到男神的时候，难免会觉得心跳加速，连话都说不清楚了。

有一些女生紧张的时候很萌，有一些女生紧张的时候会显得又无聊又神经质。为了避免这样的风险，你要做好充足的准备。

首先，你要有自信心！在心中默念三次“我只要通过努力就可以做到很赞的事情”！中途遇到挫折也不要灰心。

其次，你要构思一下你们在一起的时候聊什么话题。

你可以提前想几个比较有趣、可以延续的话题，想想话题从什么地方开始，在什么地方结束，然后再准备几个小笑话。

当你的心里有了一定的话题储备，才会拥有和男神在一起谈话的自信。

自信、快乐的女生最有魅力了，但是自信是通过不断完善自己的各方面储备得来的。

否则，你的内心一片空荡荡，自信从何而来?

/ 我和男神去约会啦！ /

约会的地点尽量选择比较安静的，能够聊天的。

麻辣火锅再好吃，但是也绝对不是适合培养暧昧和爱情的地方吧。眼神是非常非常重要的……不要害怕看对方的眼睛。（必要时，请对着镜子自己练习。）

/ 要不要送礼物给男神? /

有很多妹子说，约会的时候要不要送男神自己亲手织的围巾或者小礼物。

我个人觉得女生送礼物其实不是特别合适，如果真的想送，也要显得随意一点儿，“听说你们最近学业压力挺大的，给你一包咖啡豆”。或者对方生日的时候，你送一块小蛋糕给对方。

总之，礼物是点缀之物，是表达你好感的东西，不见得要多贵重。如果送礼物送得太频繁、太贵重，对方也会感觉到压力。

追求男生很重要的一点是：不要给对方压力！而是创造舒适的感觉！

但是！绝对不要去过于暧昧、私密的地方，比如夜店、酒店之类的，在那种地方你们很容易发生进一步的肢体接触。当然如果你只是想睡男神，那就没有问题。

确认好彼此的关系再开始肢体接触，会让你不那么困惑，也是一段感情最好的开端。

/ 赞美他，不要挖苦他 /

你不是大胸红唇美艳的 Max[1]，更不是在演电视剧。

在你不确定对方的玩笑尺度之前，最好不要开过分的玩笑。

当对方为一件事情很开心，你非要吐槽他两句，真挺让人窝火的。

/ 展现自己的优势，不让劣势拖后腿 /

每个人都有自己的优点和缺点。

但是，你也不能全部是缺点。比如你又作又懒又馋又不上进又怨气重，怎么可能会有男神？大部分人应该不会惨成这样吧？如果你真的那么惨，那就多学习、多运动。

如果你长得一般，但很有人格魅力，你可以用自己的性格来吸引

1　美剧《破产姐妹》中的主角之一，由凯特·戴琳斯扮演。

对方，让他觉得和你相处很舒服、很开心，外形上就尽量减肥 + 精心搭配。

优点并不是追男神的关键，但是优点可以给你大加分，让你增加追到男神的可能性。

总之，展现优势，不让缺点拖后腿。

/ 主动到什么程度是够的 /

我个人觉得最好的程度是“点到为止”。

请记住，电视剧是电视剧，生活是生活，不要搞疯疯癫癫、死缠烂打那一套。大部分男生遇到这种事情，肯定会被吓到。

你可以选择不和男生告白，而是暗示对方告白。

你可以和他说：“你这样的男生好棒啊！一定有很多女生喜欢吧？”“我觉得你 ×× 特质还蛮不错的，真希望我未来的男朋友有这样的优点。”

他只要不太蠢，对你也有意思，自然就会和你告白了。

/ 告白，要不要告白？ /

有一些女生觉得“暗示”的方法过于含蓄，会按捺不住自己内心的躁动。她们会问：“我到底能不能和男生告白？”我的答案是：当然可以！

在你们之间的感情升温的时候，你可以打扮得美美的，选一个温馨私密的地方和他告白。

告白的语言可以含蓄一点儿，比如说：“在我们接触的这段时间以来，我对你真的蛮有好感的……”看看对方怎么说。如果对方拒绝你，也不要觉得太尴尬或丢脸，抱着一种“这件事情至少做过了”的心态会比较好。

/ 以进为退也是一种方法 /

现在有一种很流行的方法是，对男生好 21 天，或者 30 天，然后突然不搭理对方，让对方心里难受，回头过来找你之类的。还有对他很好，但是他拒绝你的时候，你就假装做一些让对方吃醋的事情，激起对方的占有欲，然后让对方回头。

好的，我承认这也是一种方法。

但是，这种方法往往建立在利用人性的弱点上，通过让对方丧失理智，让对方做出你想要的选择。这种方法看似也达到了目的，但是对方会在很短时间内清醒过来，后悔自己做出的选择。

运用这些技巧也要谨慎，要确认自己能否承担不可预测的后果和风险。

/ 最后，请警惕乡村男神 /

乡村男神，他们外表看起来“还不错”，但实际上内心基本没啥东西；从小到大没有受到过良好教育，平时也没有阅读习惯。

他们对女性基本没啥尊重的心，更不懂道德观念、底线为何物，勾搭和劈腿是他们的拿手好戏，再找一些冠冕堂皇的借口把错误的事情“合理化”。

脑子清醒、有趣又美的好姑娘根本不会正眼看他们，所以他们只能把泡学[1]、PUA[2]挂在嘴边，用欲擒故纵、暧昧不负责的态度忽悠姑娘。

祝大家在追求男神的道路上一帆风顺！

1 网络流行用语，即以“泡妞”为目的的技巧和学问。

2 网络用语，全称为 Pick-up Artist，即把妹达人。

如何科学地追求女生

最近被很多男生豆邮[1]，询问到底应该如何追求女生。

突然想起一件事情。

在微博上看到一个男生写了长微博求爱，大概内容是自己三个月不吃中午饭攒钱给姑娘买了富士 X-M1[2]，还买了 D&G[3] 的香水、兰蔻[4]的睫毛膏之类放在礼盒里当生日礼物，希望女生做自己的女朋友。女生在微博上拒绝了男生，上演了一个微博版的“十动然拒”[5]。我感慨地说，这不是一个活脱儿的悲剧吗？

/ 少年，请不要猥琐 /

我觉得女生最受不了的大概是猥琐的男生吧。猥琐的男生的问题

---

1 即在豆瓣网上用邮件联络对方，简称豆邮。

2 日本富士公司生产的复古风微单相机。

3 意大利著名时尚品牌 Dolce & Gabbana（杜嘉班纳）的副线品牌。

4 法国高端化妆品品牌。

5 网络新词，“十分感动，然后拒绝了他”的缩略形式。

在于自私、喜欢用恶意揣测他人以及缺乏诚意。所以，如果你想追求到女生，就先把自己变成一个有善意和诚意的男生。

/ 钱不是最重要的 /

有很多追不到女生的男生，都会觉得“谁让我不是高富帅”“谁让我没钱呢”，这种想法除了消极不说，而且我觉得还蛮不尊重女生的。

我相信大部分女生对于感情的需求，还是希望能找到一个靠谱、值得信赖的、能理解自己的男生吧。

如果你抱怨女生太现实，不妨看看自己在其他方面是否做得足够出色。如果你又穷，又无聊，又自私，又不会关心人，那女生当然会稍微质疑一下：“我为什么要和这个男生交往啊？”

钱这种东西，随着年龄的增长和自身的努力，自然会慢慢积累起来。年轻的男生，最重要的是有趣，有责任心，懂得尊重女生和他人的情感。

谈恋爱、约会这种事情，有钱就吃日本料理，没钱就可以买个烤箱在家做肉吃。总之，谈恋爱这种事情只要用心经营，怎么样都不会感觉太差。

/ 先把自己收拾干净了 /

相信很多人都曾经被教育过——“你不许打扮”“你不要刻意打扮，打扮是没有意义的事情”。

追求美，追求精致，本来就是一种积极的生活态度，却被不断地打压。屌丝们以为打扮是不重要的，结果到了社会却发现这是一个外貌协会的世界。不说别的，相信大部分人去超市买东西，大家也更容易被好看的包装所吸引吧！

我相信大多数人并不要求对方是金城武或者林志玲，只不过要求对方打扮得干干净净，打扮得合适得体而已。

当然，也有一些人会说“我长得丑有什么好打扮的，长得好看打扮才有用”，这种说法就如同读书有什么用，我又不是“谢耳朵”[1]；运动有什么用，我又不是刘翔。

因为自己先天条件不好，就开始自暴自弃，你到底跟自己有多大的仇？

OK，超实用的建议来了。

/ 男生入门级打扮 /

1. 优衣库的长袖衬衫 + 牛仔裤 + 呢大衣
2. H&M Basic 系列的休闲装 + 深色系羽绒服 + 匡威球鞋
3. 浅色衬衫 + 毛衣 + 牛仔裤 + 羽绒服

这些打扮可能不会让你变得有多帅，但是不会出错。如果个人还是感觉掌握不好，记住不要选过于鲜艳的颜色，也不要染头发。

切记：

1. 头发不要出油。
2. 千万不要留指甲。
3. 听说有男生不爱洗澡？！一定要洗澡，否则真的有异味！
4. 穿皮鞋的时候不要穿白色袜子。
5. 别立领，你以为演湖南台偶像剧？！

1　即谢尔顿·李·库珀，美国情景喜剧《生活大爆炸》中的一个高智商的物理天才。

/ 追求女生不是让你变成疯子 /

千万不要过度热情！更不要拼命跪舔！！我觉得无论女生还是男生，追求异性都不要用力过猛，那样真的会吓到对方的。

追求异性，可以想象成一次“市场行为”。

一个品牌希望卖东西给消费者，首先要做好产品，具有100%的诚意，然后再考虑去做一些广告、促销活动之类，刺激消费者的购买欲望。

追求异性也是一样的。你要让对方感觉到你是一个好人，而不是拼命地像发廊小弟一样推销产品：“买我吧！买我吧！”对方不被你吓死才怪。

比如对方在朋友圈里说生病了，你就关心两句，如果住的距离近可以带她去看看医生；比如说和对方一起出去玩，就多给对方拍拍照（前提是你的摄影技术不会气死人），但是绝对没有必要天天站在别人楼下唱歌什么的，更加没必要狂发短信、狂打电话。

在这里特别提醒，女生们也要留意狂热的追求者。他们的劲头一般是来得快，去得也快。

/ 追求女生的 3 大步骤 /

1. 树立个人品牌。平时多做好事，做人办事要靠谱，在朋友圈中树立起一个“值得信赖”的个人品牌形象。

2. 让对方感知到你的喜欢。在天气变化、女生需要帮助、各种节假日的时候多关心一下对方，提供一些力所能及的帮助。在这个过程中，可以告诉对方你自己是单身，并且很欣赏对方。总之，要用实际行动说话。如果对方有疏远你的表现，你可以选择缓一缓。

3. 克制！克制！！要知道对方还不是你的女朋友！不要死缠烂打，不要去加她人人网、微博的所有好友。保持恰当的距离很重要。

/ 啦啦啦！我们约会啦！！ /

如果不太好意思直接问对方的喜好，可以先看看她的微博和人人网主页什么的，或者从她的朋友那里侧面打听一下她的喜好，为约会做准备。

我个人觉得第一次约会尽量不要去吃火锅、烤肉之类的，先不说吃相容易狰狞，出来以后浑身是味儿也挺毁气氛的。第一次约会的预算可以在 500 元左右，200 元用来吃饭，剩下的可以看看电影，或者买个甜品什么的。

/ 如果只有 100 元钱怎么约会？ /

1. 约女生下午出来，去书店看书、喝咖啡……

2. 去公园看落叶，然后去甜品店吃个蛋糕……

3. 团购两张电影票，看电影，买一个爆米花，然后各回各家……

4. 不舍得，老子不约了！

/ 500 元钱怎么约会？ /

500 元是非常充裕的约会费用，可以分摊如下：

1. 200 元吃个饭。

2. 100 元团购两张电影，选电影之前记得上豆瓣看看评分。

3. 100 元吃个甜品、冰淇淋什么的（这个预算非常宽裕了，够两个人吃 Cold Stone[1] 了）。

4. 100 元交通费，送女生回家。

约会的时候聊天不要拼命说“我多么多么牛 ×”，或者问一些“你以前交往过几个男朋友”之类奇奇怪怪的问题，约会的时候最重要的是让对方觉得你和她是一路人。

比如对方喜欢电影，那就多聊聊明星啊电影啊，顺带着可以谈谈音乐、艺术什么的。如果对方就喜欢吃饭，那你可以聊聊菜谱和烹饪。如果谈得比较顺利，还可以谈谈彼此的三观、成长经历、对未来的看法。你也可以通过约会，确定对方是否是你想要的人。

所谓约会、谈话的技巧，就是烘托出舒适的氛围，让彼此能够畅所欲言。

/ 约会聊什么？ /

1. 不要拼命查户口啊少年，适可而止吧！
2. 不要上来就教育女生，你以为你是李开复啊！
3. 不要吹牛 × 啊，你以为女生是傻子啊！！！
4. 不要满口脏话啊，满口 DotA[2] 啊，游戏啊！
5. 要聊对方感兴趣的话题，约会前做好调查。

1　即酷圣石，美国冰淇淋品牌。

2　DotA 是 Defense of the Ancients 的简称，是指基于魔兽争霸 3 的多人即时对战、自定义地图，可支持 10 个人同时连线游戏。

6. 要聊不会出错的话题，可以用电影、音乐、新闻作为话题预热。

7. 预热完毕以后，可以聊聊彼此的三观。

8. 适当地夸奖一下妹子好不好啊！

9. 还可以说说发生在自己身边好玩儿的事情。

10. 可以稍微说一下自己的优点，大概说个三五句就好了。

吃完饭以后，如果对方愿意，可以一起看电影，或者去甜品店吃个蛋糕什么的。活动结束以后，无论是坐地铁还是打车，都最好把女生送到楼下。

给约会一个完美的 Ending！

1. 送人回家：如果是晚上，一定要送女生回家，这个是最基本的礼貌。

2. 说感谢的话：今天很高兴和你出来，我很开心……

3. 下一次的邀约，表达诚意：如果有机会，我觉得我们可以周末出去看画展。

4. 目送女生上楼，回家后给她发一条短信："我到家了，今天约会很开心！"睡觉！

送礼物那些事儿

很多男生问要不要送礼物？我觉得是可以送的。

但是前期没有必要为了送礼物吃咸菜，如果遇上女生生日或节日之类的，可以送对方比较心仪的礼物。我觉得礼物也不需要太贵重，大概占你个人月收入的五分之一会比较合理。送礼物一定要送得自己开心，别人也开心，否则，送的人心不甘情不愿的，别人迟早会看出来，还不如不送。

礼物送什么好？

1. 喜欢读书的女生：Kindle[1]，书，喜欢的作者的签名书。

2. 喜欢打扮的女生：润唇膏、护手霜。

3. 小清新类型的女生：话剧票或者演唱会的票。

4. 爱玩儿、爱吃喝的姑娘：梅子酒、进口零食、难吃好看的马卡龙[2]。

5. 喜欢动漫的腐宅系姑娘：动漫周边。

6. 没啥爱好的姑娘：以上任选其一。

小贴士：

1. 其实姑娘没有那么爱鲜花，至少我身边的姑娘是这样的。

2. 尽量送一些标准化的东西，避免出错。

告白那些事儿

我觉得 QQ 或者微信告白，其实还挺没有诚意的。咳咳，至少也要电话告白吧。

如果你们之间已经有了一些爱情发酵的气氛，我建议你还是尽快告白，省得女生觉得你是一个只想暧昧、不想交往的男生。告白的时

1 由 Amazon（亚马逊）设计和销售的电子书阅读器。

2 一种用蛋白、杏仁粉、白砂糖和糖霜所做的意大利甜点，因外形可爱、颜色亮丽而深得女性喜爱。

候，尽量选择一个安静的场合，向对方说出你的心里话就可以。不用想什么华丽的辞藻，如果你真的很喜欢对方，愿意和对方在未来的生活分享一些什么，坦诚地告知对方你的感受。

如果告白成功，可以开开心心地来一瓶香槟，或者去看一场午夜电影。

如果告白失败，也不用立刻恼羞成怒，反而可以问问对方是怎么想的，听听对方的意见。也没有必要觉得很尴尬，毕竟你也尽力了，在这个过程中努力提高自己了，也有了收获。在未来的日子里，可以把对方当成朋友来相处。既然对方拒绝你了，我觉得就不要再追求对方了，也算得上是对自己、对他人的尊重。对了，胡搅蛮缠什么的最不雅观了。

诚意……是一切的通行证。

祝诸位告白愉快。

/ 最后几句补充 /

关于追女生的最后几句话：

1. 做个尊重女生、有同理心的人，否则，很容易孤独终身。
2. 不要因为寂寞去追求女生，要确认自己是否真的喜欢对方。
3. 有趣、有责任心、三观正，是比钱更重要的品格。
4. 不要跪舔。
5. 不要用恶意揣测女生。

如何变成一个温柔的妹子

温柔，在我心中是一个高贵的名词。它代表着教养、婉约、情绪稳定、克制等等。所以无论男生还是女生，脾气温柔都是很赞的事情。

我相信，比起一个大大咧咧的女汉子，温柔的妹子会显得更加可爱。

我也曾经因为粗暴、坏脾气、爱吐槽，不仅找不到男朋友，都快有社交障碍了！

就在某一天，我决定要开始改变，然后发现变成温柔的人并没有丧失自我，反而能更有效地和身边的人沟通了。

变温柔，就好像减肥一样，一下变不成瘦子，基本过程如下：

1. 通过读书，变成内外兼修的温柔妹子！
2. 通过穿衣、打扮、说话，假装自己很温柔。

内心经常咆哮："我意识到变温柔的重要性了，决定要变成温柔的家伙！！我不要当女汉子啦！！！"

/ 纠正观念：温柔不等于没有原则 /

很多妹子心里有很错误的观念，认为自己温柔就会显得好欺负，就会被认为软弱，这个绝对是大大的错误。温柔是指脾气温和（态度是可以坚定的）、为他人考虑、说话做事让自己也让他人舒服。

有一些女生脾气特别暴躁，但是如果遇上男朋友出轨了来求自己原谅，就开始考虑要不要和好了；而有一些女生，脾气很温和，但是一旦触犯她的底线，就立刻和那个人绝交，老死不相往来。

前者叫作纸老虎，欺软怕硬，情商低，活该一辈子被欺负到死；后者叫作好相处，有原则，人见人爱。

想要变成温柔的人，要先从内心改变。要意识到为别人考虑、体贴、委婉都是美德，拥有这些美德不仅让你情场顺利，还能让你避免生活中的社交麻烦。

你可能变不成范冰冰，但是你可以把自己修炼成一个让人觉得很舒服的女生。

/ 温柔的打扮：身材不够好，就不要随便穿穿了 /

如果你想显得自己很温柔可爱，打扮一定要暖色调 + 精致 + 可爱的小细节 + 千万不要随便穿穿。

我个人很喜欢上野树里[1]，觉得她的打扮都挺好看的（也有可能是我对她有特别偏爱），我的意思是，无论是欧美风还是日系风，都要注意配色、细节，不要随便穿一件就出门。好好照照大镜子，时尚杂志一定要定期看。

---

1 日本新生代著名女演员。

我觉得大家对于牛仔裤的误会真的很深！！大部分人是完全不适合穿牛仔裤的！！！

尤其是腿粗的妹子，真的会让你的腿变得更粗！平时是不是看名模街拍啥的都是一条牛仔裤 +T 恤，但是大部分人都穿不出这样的效果，如果身材不够好，还没有配到好的鞋子和包包，就会迅速沦为女屌丝。

我知道牛仔裤很舒服，但是！它真的超级容易变成灾难！你找一个朋友拍一下你穿牛仔裤的背影，你就知道自己应该不应该穿了！T 恤也是很考验搭配功夫的，尽可能选择一些有设计感的 T 恤，而不是淘宝 30 元 1 件的那种。

你在马路上看看，那些紧身、收腰的 T 恤，上面还印一个奇怪图案的，穿出门，简直是灾难！！！请你尽一切可能穿裙子！穿裙子！穿萌一点儿，或者有设计感一点儿的衣服。千万不要觉得随便穿穿就挺舒服、挺好看的，大部分情况下，舒服和好看就是很矛盾！

请清醒地认识到！穿牛仔裤 +T 恤的帅气感是瘦子、高个子的专利！！

头发！指甲油！如果你要染头发或者给指甲涂颜色，是完全 OK 的。但是如果一旦掉色，就请一定要去把颜色补上。头发一截儿黑一截儿黄真的很丑，丑到人神共愤的程度。如果你打算染头发或者弄指甲，请保证发色柔亮、蓬松饱满，指甲干净、色泽均匀。

包包和鞋子尽量要选真皮的，有设计感的，不要背那种到处都是大 LOGO 的包包。年轻的女生，我觉得 DKNY[1] 是比较合适的，价格

1 美国著名时尚品牌。

也不算离谱。如果你连 DKNY 都买不起，就找一个质地好一点儿的包，就算是 PU，也可以找个高档 PU 的包包。

打扮可以很好地体现出你的个人气质，尽可能选择暖色调的衣服，如果要选择特别鲜艳的颜色，一定要看清楚那个颜色正不正。

/ 温柔的说话方式：说话委婉一点儿不会死 /

我一直觉得毒舌不可爱，太爱吐槽也不怎么可爱。吐槽这种事情，一个星期来一次就还挺萌的，每天都在吐槽也太烦人了吧。而且，有时候一些吐槽是建立在“扭曲事实”“随便下定义”的基础上的，先不说爱吐槽意味着自己思考事情的方式偏负面，你就想想，浑身上下负能量又毒舌，真的能和男神修成正果吗？《破产姐妹》[1] 里的吐槽感觉很萌，是建立在电视剧以及吐槽者是大胸美妞的基础上的。在现实生活中，直接吐槽对方，其实真的会让对方觉得很尴尬。

说话温婉，某种程度上是为对方考虑的表现，一个人能为他人考虑，其实是有教养的体现。

委婉说话有几个关键词：

1. 多用敬语！

多用敬语，比如说“不好意思”“拜托了”“谢谢你”“请问能不能麻烦一下”“太感激了”之类的。说敬语再配合上微笑的表情，显得你又有礼貌又温柔又可爱。

2. 说话不要那么直接，考虑对方感受很重要！

1　是美国哥伦比亚广播公司（CBS）于 2011 年 9 月 19 日首播的情景喜剧。

说话不要那么直接，要先考虑对方的感受，再提出自己的需求。比如，你希望对方帮你做一个 PPT，不要直接说："你能帮我做一个 PPT 吗？"而是要先询问对方的时间是否方便，并且告诉对方为什么这个事情需要他的配合，以及事情的重要性，最后再向对方确认是否能帮你的忙。上来就提要求，是特别讨人厌的事情。

3. 不要查户口！请尊重隐私！

千万不要上来就问你住哪儿？你什么星座？你收入多少？你爸妈干吗的？谢谢！你不是卖保险，也不是查户口的。尊重别人的隐私很重要，如果真有必要问，你也要说："方不方便知道一下你的名字/年龄？"

4. 语速慢，声音小！

你不是卖菜的，别上来就大呼小叫的。还有，脏话之类的千万别说了，什么擦啊操啊之类的……咱们又不是要当梁山好汉，还是客气点儿吧，对方听着也会舒服。

/ 温柔的行为举止：动作小一点儿！眼神软一点儿！ /

其实我也是做事情很粗心的人，一个不小心就咣当打碎了东西，为此，我一直不敢逛瓷器店。做事情的时候，尽量动作慢一点儿，轻手轻脚一点儿，轻拿轻放。总之，做事情要专心，不然真的很容易碰到其他东西！

关于眼神的问题，我觉得有必要好好说一下。烟熏妆、太浓的眼线其实容易显得你很凶，虽然我知道这个是欧美的流行趋势，但是，那种装扮适合的人群很少。如果你把握不好冷艳和凶残的尺度，我强烈建议你不要化！和别人说话的时候，一定要面带微笑，嘴角微微地弯起，记住，连打电话也要记得微笑，对方其实能听得出你的表情噢！（关于眼神和表情，请自行百度关键词：温柔、眼神、表情。）

/ 温柔的内在修炼：见得多了，你就不暴躁了 /

有时候，脾气不好其实是脑子不好使的表现。

首先，当你遇到很多问题，你不知道怎么解决，根本没有学习过，你当然很焦虑；其次，从小到大没有人教过你如何控制自己的脾气，所以你除了宣泄就是宣泄！平时一定要多读一些学术的书，少读一些乱七八糟的小说。增加自己的知识面，培养美感。如果你不知道从何开始，不如就先选择一个你喜欢的艺术开始，比如你喜欢宗教音乐，不妨从巴赫时代开始了解，多听多读，慢慢地，知识面就会变得越来越广，最后这些都会体现在你的气质上。

温柔就好像阳光，会照耀着其他人的心灵。

与各位共勉！

/ 最后的咆哮 /

1. 温柔不是让你们忍耐！一定记住！那个是圣母病[1]，和本文没关系。有原则的人，也可以很温柔。世界不是非黑即白的，认为温柔就不能有原则，认为温柔就是绿茶婊[2]的人，真的只能“呵呵呵呵……”。

1　网络用语，圣母指的是对别人的极品、很过分或者不道德行为有无限“容忍度”和“宽容心”的人。

2　网络用语，是指外貌看似清纯脱俗、实则充满心机的年轻女性。

我要说 100 次：温柔和原则不冲突！不冲突！！不冲突！！！

2. 我支持女生做各种各样的人，本文是写给希望自己变温柔的女生。天天奓毛，你自己心情真的能好吗？你家人能开心吗？温柔的本质是为了自己，让自己爽！

3. 很多事情用吵架的方式是解决不了的，要讲道理，有逻辑，态度好，才能解决。工作也是，爱情也是。

冬季约会男神之打扮攻略

/ 开头的话 /

这篇文章是《如何科学地追求男神》的后续篇。如果你有爱慕的男神，可以读读看，希望对你有启发。

/ 打扮是一门学问 /

约会，是一件正经事儿。

如果是暧昧中的男女，关系可以通过约会得到升温；如果你要约会心中的男神，也可以通过约会拉近彼此的关系，最终变成恋人。

比起猫在被窝里发微信、打电话，约会是一件更不容易做好的事情，穿什么才会显得自己漂亮？说什么话不会显得自己傻乎乎的？选择什么样的餐厅？每一个问题都那么让人困扰。

你期待在自己喜欢的男生面前做得尽善尽美，这种“急切”的心情，有可能会让你做出“太过火的事情”。

懂得打扮的女生穿着无印良品白衬衫搭配一款摩纹手表[1]，拎着

1　摩纹腕表是创立于1850年的瑞士高级钟表品牌。

最简单的 agnes b.[1] 包包也会显得漂亮精致；不懂得打扮的女生能把 D&G 穿成最炫民族风。

今天，我们不如来讨论一下，约会的时候到底要怎么穿，要怎么打扮。

/ 妆容的选择 /

化妆是一门很大的学问。有很多女生学化妆都是从时尚杂志里学来的，但是，请注意！时尚杂志里教的妆容化上以后确实蛮好看的，但是近距离看很容易让人感觉粉太厚了。

而且，某些妆容刚化上很好看，但是风吹一下，暖气烤一下，就会出现很诡异的效果。如果你不是专业的化妆师，最好不要尝试化太“重”的妆容，不要轻易把自己的脸变成画布。

高端大气的欧美超模风和乡村夜店风，只有一步之隔。浓妆是蛮难驾驭的妆容，请谨慎。

即使如此，并不是让大家必须素颜去约会。化妆是为了让你看起来清透美好，通过修饰让你看起来气色好。

在这里我特别推荐一个超简单的化妆方法，第一次化妆的妹子都可以做好的。

预备工作：提前 3 到 7 天保持高质量的睡眠，晚间用修复的精华液，涂上带蜂蜡的润唇膏，还有护手霜也请不要忘记了。

约会工作：正常护肤后，加一层修颜的隔离霜 /BB 霜 + 唇膏 / 唇蜜（本人更加喜欢裸色）+ 不夸张的美瞳；如果比较注重眼妆的，可

1　法国知名服装品牌。

以画一下眉毛和内眼线。

个人原则：宁可少化一点儿，也不要去做你不擅长的事情把脸弄得脏脏的。当然，你要是化妆水平出神入化，可以假装没有看到这一段……

/ 衣服的选择 /

我曾经说过，屁屁不够翘，腿不够细，请不要穿牛仔裤，或者任何能够凸显粗大腿的衣服。

如果你身材一般，裙子、长款衣服都是不错的选择。

冬天穿裙子并没有想象中那么冷，长款毛线裙 + 打底裤或者毛呢裙 + 厚针织裤袜的搭配，再加上一件厚厚的大衣，可以既温暖又好看。

我个人还有一个保暖的方法，就是先穿天鹅绒的丝袜，再穿针织的裤袜，超级暖和，一点儿都不冷（本人坐标北京，此方法可能不适用于东北的同学）。

搭配方法一：浅色衬衫 + 毛呢格子裙，既百搭又简单。怕冷的同学可以加打底的保暖内衣。

搭配方法二：长款毛衣裙 + 裤子 / 打底裤。宽松版的衣服会帮你遮盖身材上的缺点，并且让你在冬日里有一种慵懒的味道。

搭配方法三：可爱的卫衣 + 运动裤 +UGG[1]。如果你真的超级怕冷，一定想穿休闲的运动裤。没有问题！运动服也可以穿得很萌很可爱。

搭配方法四：宽松毛衣 + 半身裙 + 裤袜。半身裙的优点显而易见，它是拉长身材比例的法宝。

---

1 著名雪地靴品牌。

这种搭配整体来说，不容易出错，选糖果色的上衣或小裙子，会显得蛮甜美可爱的。

身材好的人真的具有天然的优势，她们随便穿穿都挺好看的！世界真的太不公平了！如果你的身材很修长高挑，穿什么都会蛮好看的，搭配一条暖色的围巾，就会变成点睛之笔。

/ 配饰的选择 /

配饰是很能体现品位和质感的东西。配饰千万不要买10元钱3对的珍珠耳钉，保证瞬间能拉低你的整体质感；闪闪的水钻，或者卡通图形的廉价饰品，更不要轻易尝试。

我个人觉得女生不需要囤太多配饰，一块优雅的手表、一条有质感的项链比什么都强。

先谈谈手表吧！预算比较高的女生可以选择买积家[1]这样的品牌；而预算在几千到上万的，我个人推荐摩纹的手表，它是一个有300多年历史的瑞士品牌，早年玛丽莲·梦露也戴过它家的手表。我前段时间也囤了一块Mini Cushion[2]，我就拿它作为例子说说吧！

搭配一：黑色Mini Cushion+黑色宽松毛衣+打底裤。适合喜欢简约风格的女生。

搭配二：银色Mini Cushion+品质感条纹T恤+黑色呢短裤。30毫米的表盘，虽然在女表里算比较大的。不过，珍珠母贝表盘，以及表盘上的8颗钻石，增加了柔美的精致感。

---

1 创立于1833年的瑞士高级钟表品牌。

2 即摩纹品牌下的“迷你枕型”系列腕表，以简洁、优雅、大方为特色。

搭配三：黑色蟒纹表带的金色 Mini Cushion+ 任何浅色系衣物。很多女生会不太敢尝试蛇皮、鳄鱼纹之类的包包或者手表。我以前也觉得这种款会偏成熟一点儿。以个人经验来说，这种手表可以搭配浅色系的衣服，也蛮好看的。它是那种上班可以戴着去开会，下班换了衣服去约会也不会突兀的表。

漂亮的首饰也能够给你的整体大加分。如果你有选择恐惧症，或者品位不确定症，那就选择精巧的经典款。

配饰的第一个法则是不要浑身上下戴满首饰。你是去约会，而不是去卖东西。

搭配一：锁骨链什么的最萌了！有锁骨的各位，请大胆戴上锁骨链。

搭配二：珍珠，绝对的百搭圣品。珍珠是一种性价比很高的东西。无论冬天还是夏天，商务场合还是约会，都可以搭配珍珠项链。如果你约会马上要迟到了，请迅速穿上黑裙子 + 一串珍珠项链 + 润唇膏。

抽屉里的那条 MIKIMOTO[1] 不知道救了我多少次场，如果你和我一样有选择恐惧症，一定要囤一条像样的珍珠项链。

/ 我的靠谱或不靠谱的穿衣心得 /

我小时候对于穿搭衣服这件事还挺无爱的，每次陪妈妈逛街，我总是坐在沙发上休息，心里觉得“女人真的好麻烦啊”，殊不知，自

1　成立于 1899 年的 MIKIMOTO（御木本珠宝）是世界顶级珍珠珠宝的代名词，拥有“珍珠之王”的美誉。

己长大以后变得超级爱买东西。

坦白说，穿得好看和穿得对从来不是一件容易的事情。你需要读很多杂志，买错很多东西，被吐槽很多次，才会找到真正属于自己的风格。

追求美一点儿都不肤浅，它总是考验你的审美能力和耐心。每次变美，你不仅收获了更好的自己，也给身边的人带来快乐。

我们应当学习把最美的一面留给家人和朋友。如果你选择用最差的一面面对爱情、面对生活，那么生活也有可能把它最差的一面回馈给你。

美总能带给你说不清道不明的力量，失恋了，到化妆间拿出香奈儿的唇膏补补妆，去银泰 65 层喝一杯，生活又可以继续下去了；开会被客户骂了，你不必仰望星空寻求宽慰，手腕上的钻石手表，就是你努力工作换来的星空。

美是天赋人权，谁也夺不走它。

你必须知道的恋爱守则

恋爱是有方法的。很多人在谈恋爱的时候经常走入极端，不是成为受虐者，就是把对方当成宠物一样使唤。如果你曾有过很多错误的行为，也不要感觉太内疚，因为你的父母没有教过你，学校也没有教过你，后天也没有机会进行思考和学习。

这篇文章，写给这样的你。

/ 没有底线，最后惨的还是你自己 /

恋爱中一定要有底线。

不要相信"睁一只眼闭一只眼"之类的鬼话好吗？你以为看不见，坏事就不会发生了？你以为看不见，这个男人就会更爱你了？你以为不管他劈腿和乱搞，他就不会有一天找小三让你净身出户了？

所谓假装看不见、忍耐，都是非常弱者的托词；这等于你允许危机发生，并且纵容它，无视它正在继续恶化。而且，你不坚持底线，男生就会认为"你离开他根本找不到更好的"，所以他只会更加恶劣地对待你，根本不可能被你感动。

你耗费青春，舍弃快乐，默默忍耐，只会培养出一个无限伤害你的另一半。当对方做出你不能接受的事情，你就要告诉他，你不喜欢这样的事情，并且不希望再发生。如果再次发生，我建议你要冷静看待这段感情或者干脆离开，长痛不如短痛，说的就是这种事儿。而且，不要男人稍微痛苦一下，你就母性大泛滥，立刻舍弃所有的原则扑向他的怀抱。他不会感谢你的，下一次照样还会践踏你的自尊。

PS，我知道，你会忍耐的原因，是因为这个男生真的太好了，你离开他就找不到和他一样好的了。这个情况不仅仅你知道，他也知道。所以，他不会尊重你的。

/ 嘴巴毒的女生不可爱 /

经常听到有女生对自己的男朋友说话特别毒，一不开心就闹个不停，各种折腾发脾气。如果 16 岁这么做还是挺萌的，要是过了 18 岁还这样，就会特别像巫婆。

我对嘴巴毒的定义是，屁大点儿事儿不能好好说，非得别人怎么不爱听就怎么说，还认为“你要是不让我骂你，你就是不爱我”。偶尔吐吐槽是挺有趣的，但是无论对方做什么事情都要吐槽，就显得可烦人了。

拿我身边的例子来说，基本上嘴巴毒的女生都会交往到脾气特别可怕的男生，或者是人品很差的男生。原因很简单，一个好男生，根本不愿意找这种女生交往。

和嘴巴很毒的人交往，她们的负能量会彻底击垮你的自信心和幸福感。大家想想，如果一个人总是对你喋喋不休，指责个不停，你会不会特别想摔他一脸的咖喱！这是人的本能，不会改变的。和爱不爱没关系。

还有，我也不知道什么时候开始流行强势这种东西。职场经验和生活经验告诉我，强势只是假装牛 × 的纸老虎的把戏。我们要做的是温柔、讲道理的人。谈恋爱不是比赛，不是压倒对方就赢了；他服你，听你的，不是爱你，而是怕了你恶毒的话和歇斯底里的表情。

总之，温柔地对待另一半，不仅有利于感情，还会给未来的孩子做出很好的示范。

/ 到处暧昧不是有魅力的表现 /

其实我支持女生可以有“活跃”的私生活，只要做好安全保护措施，这都是没问题的。但是，如果是在恋爱中，还撩骚[1]其他男生，或者大大咧咧地和其他男生单独去看电影之类的，就太不好了。

有一些女生无法舍弃被迷恋、被崇拜的感觉，甚至觉得和其他男生暧昧，你的男朋友 / 老公会很紧张你，感觉特别爽。其实，你是在透支彼此感情的信任度来获取短期的快乐。长远来看，你的另一半可能会厌倦这种紧张的关系，转而去寻觅新的让他放松的感情。

从道德层面说，我觉得既然女生要求男生专一，首先自己就要成为一个专一的人。

/ 圣母病得治，药不能停 /

“圣母”真的是很奇怪的群体，她们以受委屈为荣。

比如说，一边辛辛苦苦地做家务，一边埋怨男朋友懒惰啊之类

---

1 方言，撩拨的意思。

的；付出一点儿什么，立刻说“为了你我放弃了自己的未来”，张口闭口就是“他家庭条件那么差，我还和他在一起”。

圣母会想利用别人的愧疚之心来控制男生的未来，殊不知只会让自己看起来像是可怜虫。对方不会感激你，只会觉得你一直在抱怨，在嫌弃，负能量在爆发。

切记：你做任何事情，都是因为自己心甘情愿的，不是为了谁。如果你实在不愿意做，就别做。

/ 不要放弃自我成长 /

你们在一起除了情话以外，还有很多可以聊的事情。有很多爱好，有比较相似的价值观，等等。如果有一天不像热恋中那么激情洋溢了，仍然有许多维系你们感情的东西。

在恋爱中，也不要觉得对方不错就放弃自身的上进和学习了。即便你是家庭主妇，也可以利用空余的时间学习到许多有意思的东西。如果你是职业女性，也不要说什么上班很忙，没有时间减肥、美容、学习之类的话，我认为这些都是为懒惰找的借口。

当你放弃自己的时候，就变得特别不可爱了。

不完全调研报告：大叔们都在想什么？

国庆节之前，一个男生让我帮个忙，去豆瓣写帖子征女朋友。为了更好地完成任务，我逛了各种恋爱小组，发现最受欢迎的男人类型是“大叔”，而且豆瓣上还有各种“萝莉大叔”的小组。

我突然很好奇，这些“大叔”究竟是什么样的人啊？我坐在办公室里写了一个问卷，在几个小组发起了话题，希望能够通过调研了解他们。

幸运的是，我竟然收到了将近 700 份问卷。

/ 调研背景介绍 /

本次一共收回问卷 671 份，由于有部分大叔没有认真地填写，或者填写不符合规范，所以最后合格的样本为 650 份。

本次调研时间从国庆节开始，数据来源以线上问卷调研方式为主。由于比较忙的原因，我并没有和太多的受访者见面。

萝莉[1]的定义：本调研关于萝莉的定义，并不是指 12 岁至 15 岁的女生，而是指比较年轻（15 岁至 23 岁左右）、在网上以萝莉自居、有大叔控倾向的女性。

大叔的定义：本调研关于大叔的定义，是指已经完成学业步入社会，在互联网上以大叔自居的男性。

还是要感谢各位的支持，坦诚相对，为我提供那么多资料。

/ 调研的问题 /

第一个问题是关于年龄的调查。

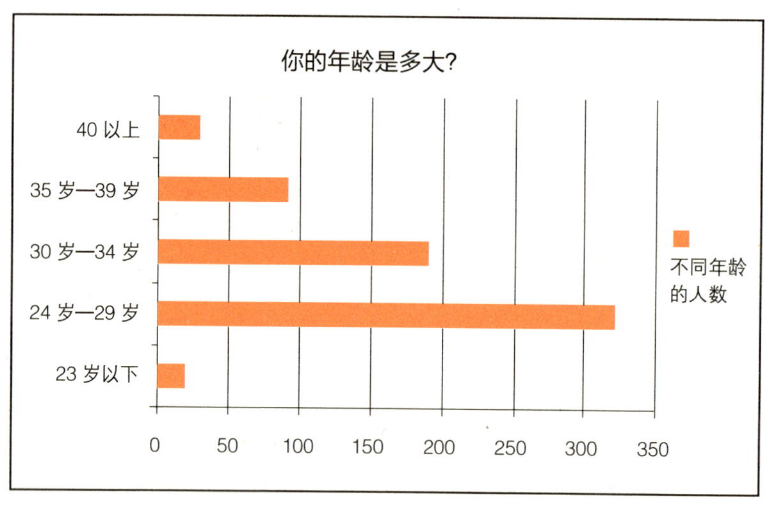

1　萝莉是洛丽塔的缩写。“洛丽塔”原指 1955 年俄裔美国作家纳博科夫的小说《洛丽塔》，后在日本引申发展成一种次文化，用来表示小女孩。

第二个问题是关于收入的。

6001—8000 元是一个比较主流的收入，其次是 8001—10000 元左右的收入。我个人觉得这个收入在一线城市算得上是一个比较合理的收入。

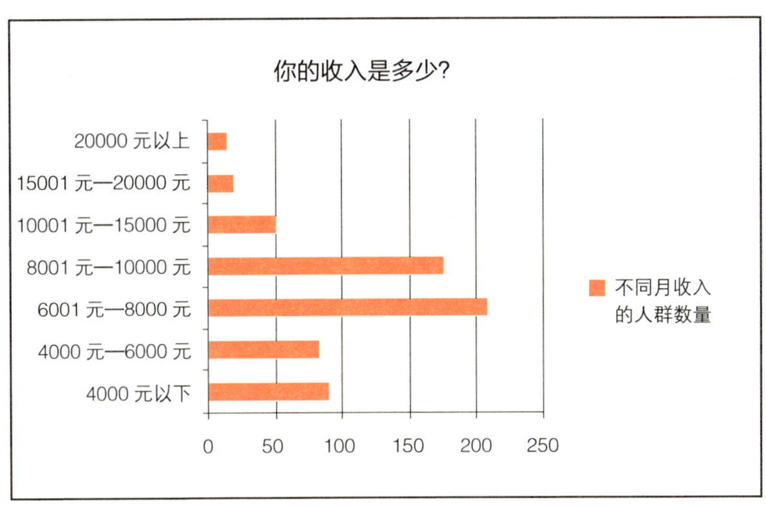

63% 的大叔都曾经和萝莉美化过自己的收入、地位。好吧……

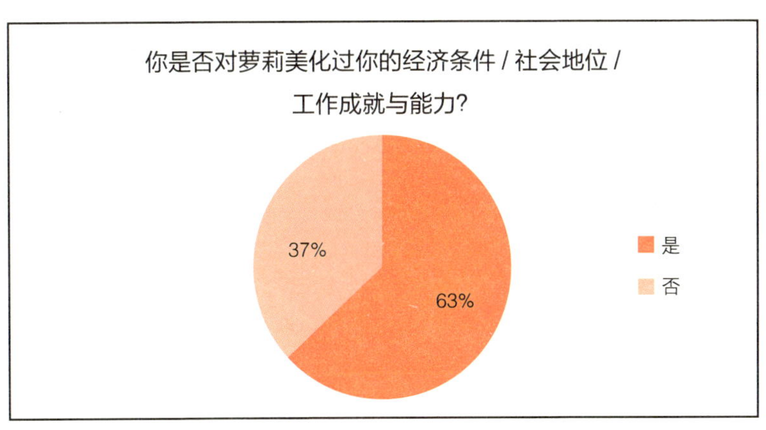

90% 受访者表示自己是已婚身份……

我甚至和不少受访者确认过，唉，你既然是已婚，你还上豆瓣找个什么萝莉啊？有人说感觉现实生活很无聊；有人觉得婚外情压根儿不是错；有人认为自己和萝莉各取所需。48% 的受访者认为婚外寻找萝莉，并不触犯道德底线。

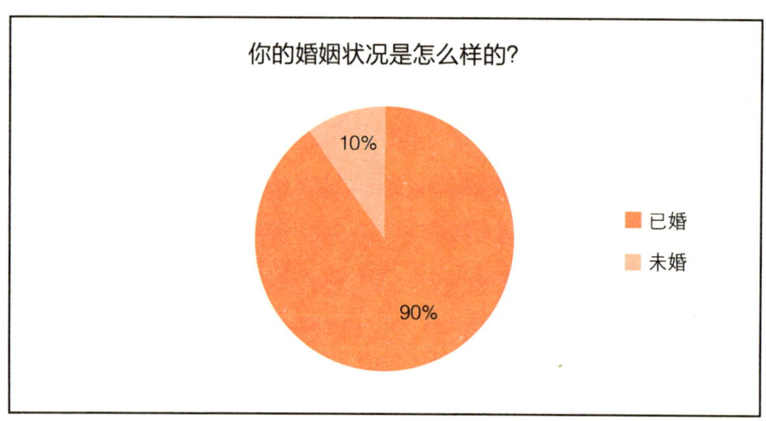

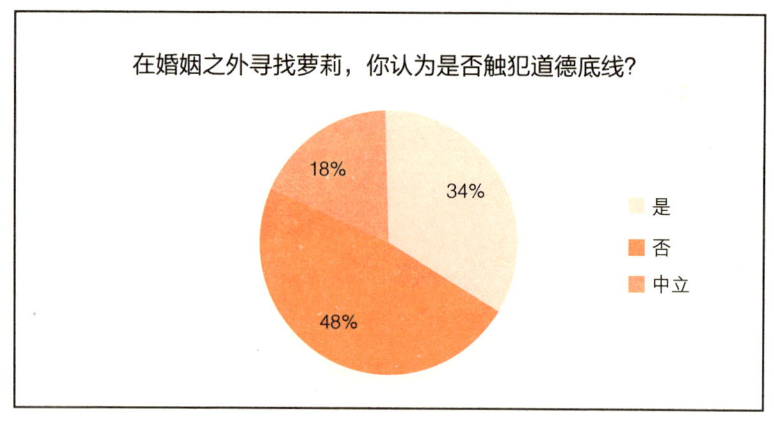

48% 的受访者不满意自己的现状。

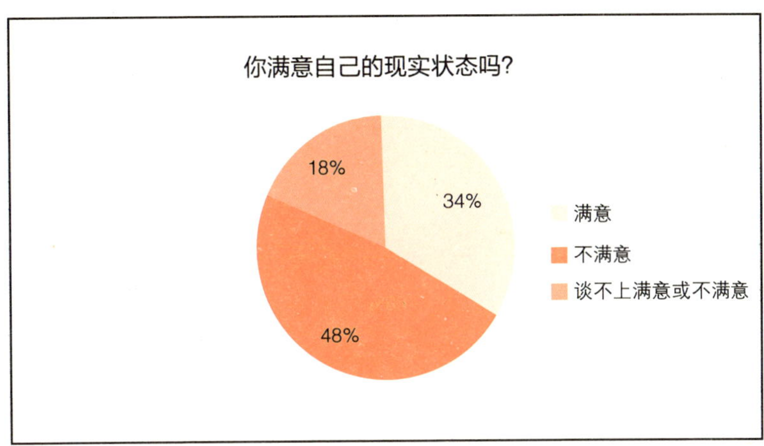

49% 的受访者认为自称大叔为的是能够吸引女生的注意。29% 的受访者认为自己是受到流行文化的影响。

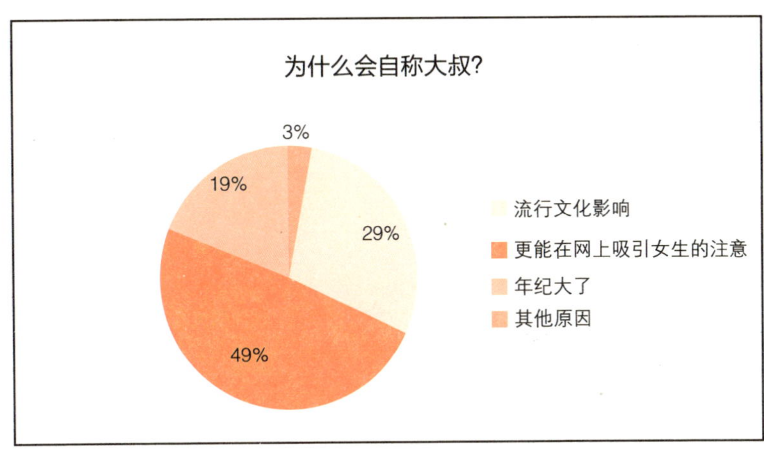

66% 的受访者在网上寻找萝莉的时间大概有 1 到 3 年。

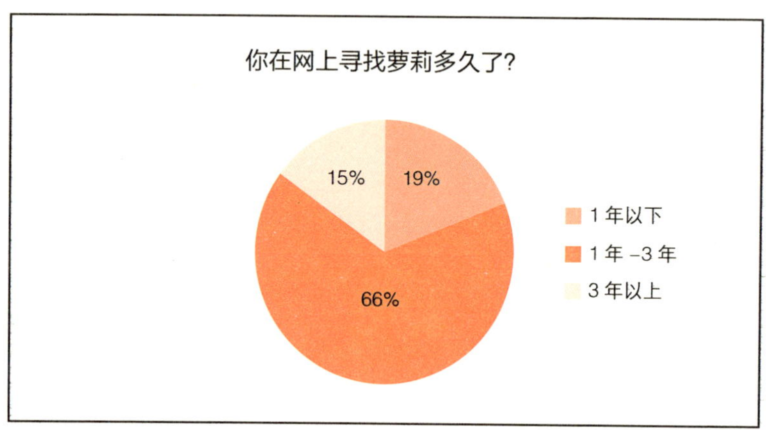

74% 的受访者都是以性为目的在网上寻找萝莉，22% 是为了排解寂寞。

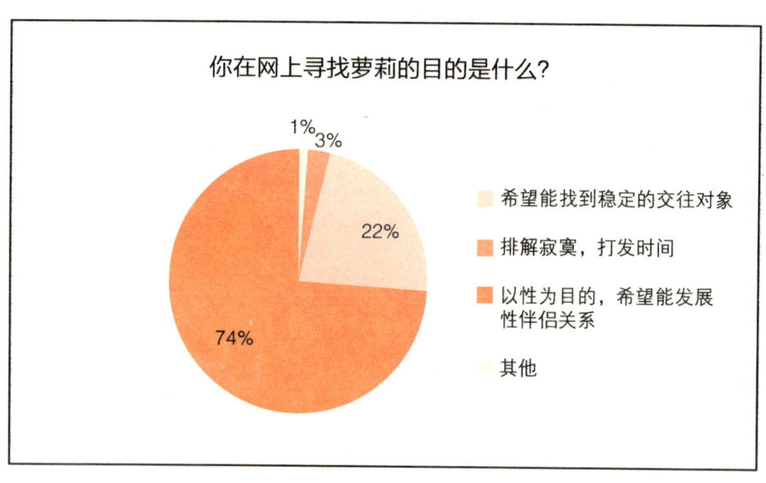

89% 的受访者曾经为了获得对方的欢心，许诺过婚姻。

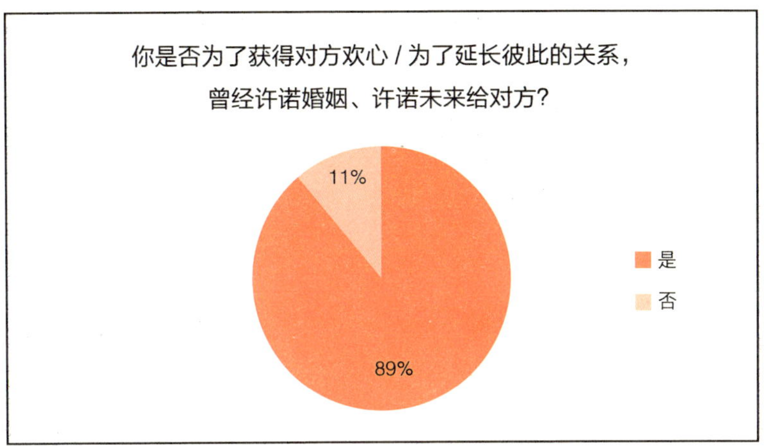

受访者认为“以长者的态度教导对方”“未来的承诺”“塑造成功者形象”最能吸引萝莉。

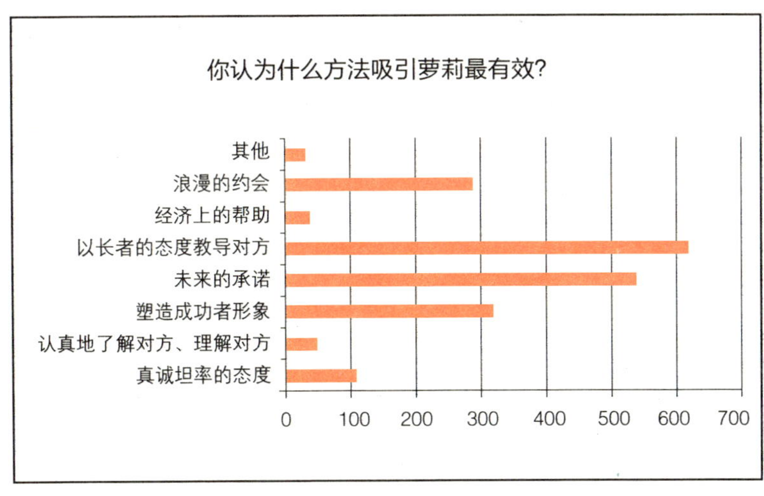

56% 的受访者对萝莉的态度是负面的。

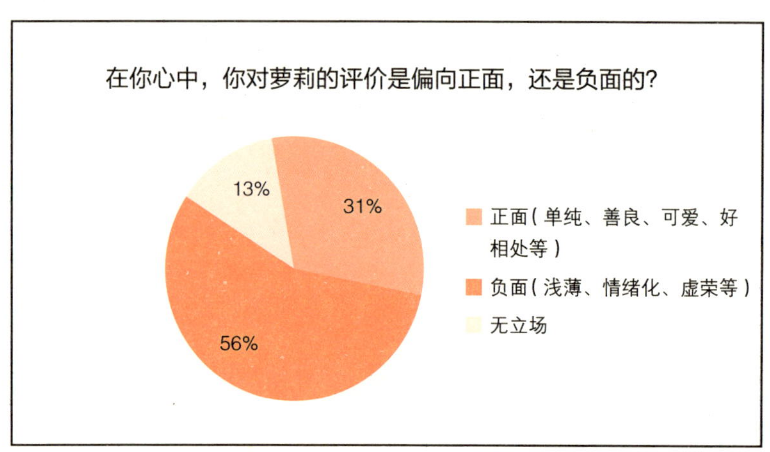

仅有 3% 的受访者曾经和网上认识的萝莉发展过稳定、负责任的恋情。

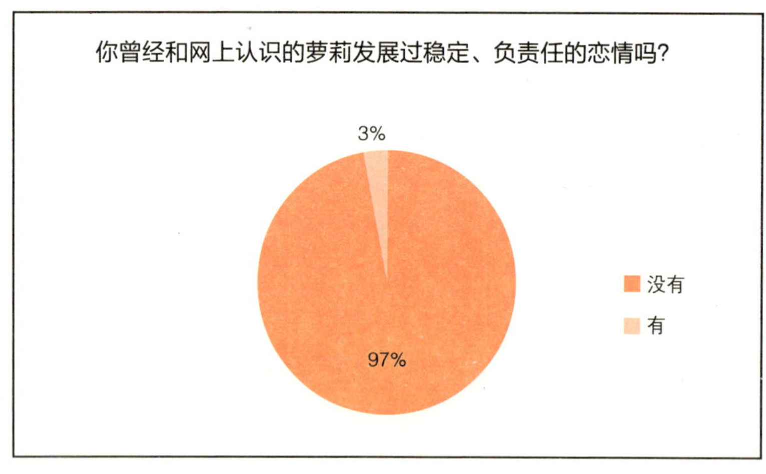

94% 的受访者认为自己不会和萝莉发展稳定的情感。

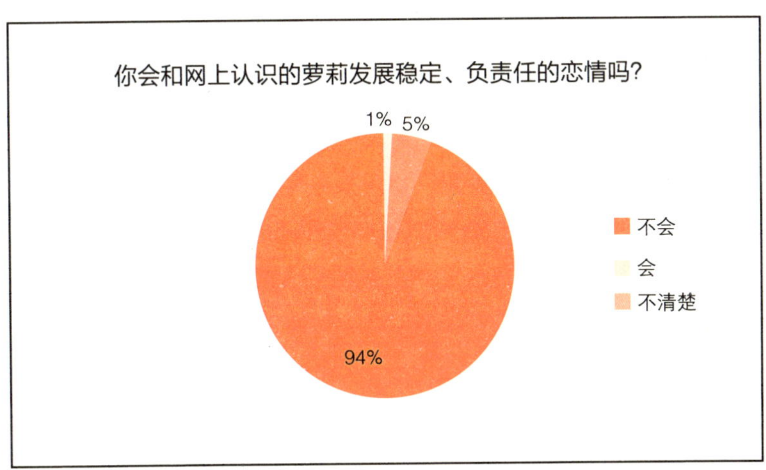

这道题我真的不忍直视……

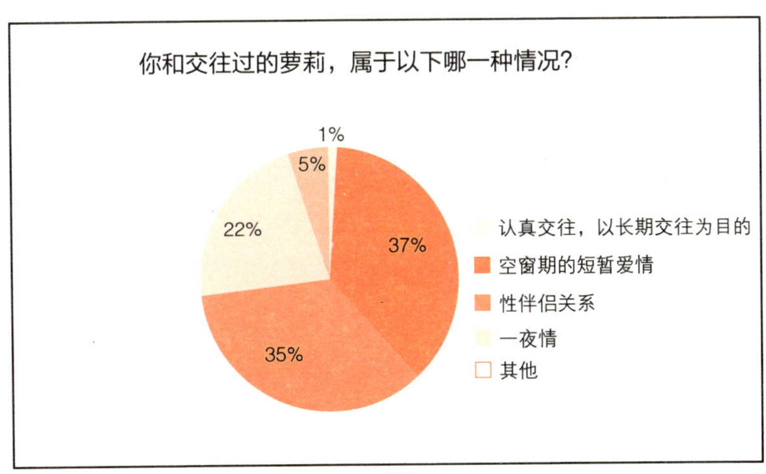

/ 题外话 /

由于没有人帮忙，整理这些东西大概花费了我一个月的时间。

我一直觉得年纪大并不等于成熟。很多人所谓的“成熟”，在我看来不过是学会了闭嘴，不过是学会了随波逐流，不过是腰围变粗了，不过是收入增加了一点儿。

很多女生认为大叔经济条件比较好，成熟，能够保护自己。在这里，我想问一句：你够成熟吗？你能分辨出真诚与虚伪吗？如果答案是否定的，你的美好期待在他人眼里就会变成可利用的贪念。

如果你希望过上幸福的生活，千万不要抱着侥幸心理。我的朋友曾经和我说过一句话，“越是免费的，其实是越贵的”，生活的道路也是，那条看似简单的捷径也有可能是走起来最远最难的路。

最后，感谢每位参与者。

/ 最新补充！ /

艾小玛小姐：

我给你的微信发了一次，又来豆瓣发豆邮给你，我是真的希望得到你的答复的。我看了你那篇关于大叔调研的报告。我想知道你对于真的喜欢大叔的女生有什么建议？我并不是贪图大叔的钱，但是我很喜欢他们身上用钱堆出来的气质。我是学生，圈子比较小，我都是通过陌陌、宠爱、豆瓣、花田[1]之类的网络方式认识一些大叔。前段时间我认识了一个大叔，他长得一般，不过经济和谈吐都很好。我们约会了几次也发生了关系。我问他我们算什么，他说我们是恋人未满的关系。但是他又对我很好，平时都带我看电影、出去玩儿什么的，经常给我发短信、打电话关心我。但是每次我一问他能不能确定彼此的关系，他就会指责我不信任他，他说他感情受过伤。我也觉得很心疼他。面对这样的情况我该怎么办呢?

刚开完会看到一个姑娘给我的来信，感觉眼泪都要流下来了……

梳理一下，她的事情是这样的:

1. 陌陌——传说中的一夜情神器，在上面找靠谱的恋人，真的……好吗?

2. 豆瓣——请参看本调研的数据来源和样本！我觉得豆瓣可以认识一些志同道合的朋友啊！但是如果是披着约炮外套的大叔，真的不要搭理他!

3. 宠爱——有偿约会?！你以后打算怎么和孩子说你的人生故事?世道艰难没有错，无论你追求爱还是追求物质，只要你用心努力奋斗，最后都会有的！不要幻想人生有捷径!

4. 花田——据说是IT男聚集地?！前段时间地铁6号线经常有广告。

5. “恋人未满”这样的鬼话也说得出来，以为自己是Twins[2]

---

1 陌陌、宠爱为交友类软件，花田为恋爱交友社区网站。

2 中国香港女子歌唱团体，成员包括蔡卓妍和钟欣潼。

吗？！他就是不想负责，就是想发展性伴侣的关系，打电话、看电影啥的算什么对你好，难道没有你他就不吃饭、不看电影吗？如果一个男生真的对你好，自然会愿意为你承诺、负责任、维护你的利益。

最后，希望你找回内心的理性和正直，做一个幸福的女生。

延伸阅读：大叔把你当炮灰，你把大叔当真爱

来自“莲。盛开”的来信：

我和一个大叔在豆瓣里认识的，异地中，我过去北京看的他。

我们开始的时候真的好快乐、好开心，他给我发短信，帮我成长，谈人生理想。

他真的很成熟，处世很圆滑，比我身边20多岁的小男生好很多，我不喜欢他们的愤青。

我把第一次给了他，我觉得他是我最爱的人。

我觉得太太太快乐了，但是大叔已经结婚了。他说婚姻生活很痛苦、很想死，我特别想帮他。

我不打扰他，默默给他快乐，甚至我一分钱都不花他的，我想我们的爱变得纯粹。

我问他什么时候离婚，他说不可能离婚，因为怕别人看不起他。他说我们之间不可能有未来的，但是我真的好爱好爱他。

不被爱的才是小三，我觉得我只是追求爱的小女生。

我单纯地希望，我的爱人陪着我一起走。

我和他说，希望他可以离婚，他开始变得冷淡。

然后说要和我分开。

我好害怕，又去北京找他了。

他就不见我了。

我知道他真的很爱很爱很爱我，他也说过自己很爱我。

我知道他只是身不由己。

嗯，但是有时候他特别不舍得为我花钱，Emma 你说过男人异常抠门的时候要留心一下。他一般为我花费都在 100 元以内。平时出去基本都是 AA。他说很崇尚美国的价值观，所以才这样的。

我原本可以忍耐的，但是 Emma，我怀孕了，请问应该怎么办？我现在失业中，没有经济来源，大叔也联系一周了，但联系不上。

回复“莲。盛开”：

首先，我觉得要纠正你几个观念：

1. 不被爱的人并不是小三，小三的定义是不顾道德、插足他人婚姻的人。这是一个事实判断，而非价值判断。你做了小三是一个既定的事实。

2. 爱一个人是严肃的事情，不是口头上说说就好了。当他爱一个人的时候，会希望多和她互动，并且尽最大的能力维护她的利益，甚至把她的利益优先于自己的利益，会和她一起规划未来，并且做出承诺（承诺是包含行动的）。

3. 关于美国式约会 AA 的事情，就骗没有在美国生活过的人吧！如果说朋友和朋友之间出去当然是 AA，但是男生和女生约会，基本男生都会请客。他是哪门子的美国价值观，西伯利亚的吧，美国对家庭价值的尊重，他咋不学呢?

你的这个大叔吧，摆明是得了便宜还卖乖，偷吃了还怕被抓的典型，属于出来娱乐一下的。你说他为什么会说爱你?呵呵，如果他不说爱你，你怎么会愿意每次跑来北京找他，他还一分钱不用花在你身上，省钱省事儿。

他可能是你能力范围内能找到最好的男人，你才会假装看不见他是一个多恶劣的人的事实。他只是把你当成用过即弃的炮灰，你通过幻想自我麻痹，最后把大叔当成了真爱。

现在，是你要清醒的时候了，你肚子里的孩子经不起你的等待。你也没有必要自爱自怜，今天发生的一切，都是由于你做了错误的选择所导致的。无论是你，还是大叔，都应该为错误埋单。

我是一个反对堕胎的人，但是在我看来，目前的你没有经济能力，并且对方不愿意负责任，堕胎似乎是最好的选择。如果你能和对方要到钱更好，你需要钱来恢复身体；假如对方是大浑蛋耍赖，我建议你去寻求家人和闺密的帮助，等好了以后再把他的恶劣事迹发微博@给他公司所有的人。

最后一句：大叔并不会帮助你成长、帮助你成熟，所谓的圆滑只是学会了闭嘴和阿谀奉承而已。

不完全调研报告：你最讨厌的异性夸奖是什么？

/ 数据大公开 /

我曾经在自己的微信公众平台发过一个调查，大概是问大家“你最讨厌异性夸你什么”。在发出这个问题不到 24 小时，我就收到差不多 1000 个回复。参与话题回复的男女比例大概是 4∶6，貌似女生对这种话题比较感兴趣。

经过统计，女生最讨厌带有性意味的夸奖，比如：你好性感，你身材很好。我自己也属于这一类女生，尤其不熟悉的男生对自己说这种话，真的有一种被冒犯的感觉呢。

其次是带有传统女性色彩的夸奖，比如说看起来很贤惠啊、很懂事啊。女生讨厌这种夸奖是感觉到“被定义”，似乎暗指她们只能在家当个乖巧的妻子。

最后一种是揣测他人隐私的夸奖，比如说：“一定有很多人追你吧？”“你一定赚很多吧？”不少女生表示听到这种话会立刻觉得一阵恶寒。

在男生方面，占据第一名的是“被女生说长得柔美，像 gay”，其中有一些同性性取向的男生，也同样不愿意他人把 gay 等同于女性化；并且普遍不太喜欢听到异性说“你是个好人”，有一个男生说曾经听到喜欢的女生说这句话，立刻有一种“晴天霹雳”的感觉。我想，这个和“好人卡”所代表的含义是分不开关系的吧。

/ 夸奖他人的尺度 /

当我们还是孩子的时候，父母就常常对我们说以后出门在外嘴巴要甜一点儿，多夸奖别人。在任何一个新环境中，夸奖他人永远是最安全的开场白。女生之间也常常以一句“你的裙子很漂亮”就此结下友谊；初识男女之间的适当赞美，也能迅速捕获对方的好感。

在恋爱中，常常由衷赞美对方不仅能迅速提高生活品质，还能提升愉悦感，有力气对抗那该死的生活。

无论你是否觉得这一切十分之虚伪，抱歉，人就是这样脆弱的动物——必须得到认同才能活下去。

不过，夸奖他人的尺度总是很难掌握。

如果你曾经去过一个中年人的饭局，里面一群大腹便便的男子，口若悬河地说着胡扯的鬼话，竭尽可能、面目猥琐地跪舔着某位权贵。他们的语言已经跨过了“夸奖”这条界限，像个骗子一样胡说八道。站在旁观者的角度，他们是可怜、不堪的，而身陷其中的他们，却常常觉得自己极度机智，精通于世俗规则，尽管他们可能最后什么事情都没有办成。

追求异性也是同样的，明明觉得自己说得真诚万分，幽默可爱，但是在对方看来简直是一种性骚扰。我的一位师兄曾经去相亲，对方长得温柔可人，他脱口而出一句“你好性感”，对方从此就再也没有给他打过电话，还和朋友说觉得他好猥琐。师兄平日为人憨厚，不过是缺乏移情能力，误以为对方会为这种赞美而开心。

/ 从简单的赞美开始 /

在做完那份微信调查后，我粗浅地询问过不少女生的观点，当然，也包括一些男生的观点。大部分人都认为被不太相熟的异性夸奖外表是很奇怪的事情，一个叫作 Fendi 的女生认为，“上来就夸女生可爱啊性感啊的男生，总有一种色眯眯的感觉啊。我就会觉得他和我在一起，根本不是因为聊得来，而是要做越轨的事情”。Teddy 是一个 25 岁的男生，职业是程序员，身高 185 厘米，从小到大深受女生喜欢，他的说法是：“有的女生上来就赞美男生的外表真的太可怕了，感觉她们太不含蓄了。而且，也不知道什么时候弄出的腐女文化，一群女同事每天都 YY[1] 我是小受，简直要疯了！”

除此以外，有一种定义性质的赞美方法也经常让人抓狂。比如 A 男认为女生持家很好，碰见一个女生就夸别人贤惠，若是碰上一个女性主义者必然会对这种说法感觉到冒犯。有不少女生也纷纷吐槽，曾经有遇到男生对自己说“感觉你很适合做什么什么”“你是一个很勤俭节约的人”（估计 80% 的年轻姑娘听到这个评语都会冒汗吧），然后她们就再也不想见到那个男生了。

想要夸奖别人，让对方感到开心是一个很棒的行为，不过仍然需要保持敏感，否则就会变成一种冒犯了。社交生活想要顺利，内心一定要保持敏锐，必要的情况下可以写一张清单，对它们进行分级管理。这个方法是我一位好友的秘籍，他就是那种嘴巴比脑子快的人，

1　网络用语，意淫的简称。

经常说出得罪女生的话。后来，他把自己和异性的熟悉程度分成 4 个级别，每个级别都有特别标注出来的敏感话题。从那以后，他会小心翼翼地绕开一些容易引起争执的话题，除非和对方的关系进入下一个阶段，彼此之间才会聊起来。

如果你一直在这方面碰壁，不妨先从简单的赞美开始。比如什么衬衫很漂亮，包包很有质感，还有你又瘦了之类的。尽管听起来有一点点假，但是交朋友这件事情总是要从赢取好感，再到深入了解吧？否则，第一面就开始互相憎恨，也没有以后什么事儿了吧。

/ 笨笨的也挺萌 /

前段时间看一本书，大概是说具有熟练“移情”能力的人，在生活恋爱中更容易获得幸福。所谓的移情能力指的是能设身处地理解他人感受的一种能力。许多亚斯伯格综合征[1]患者天生就丧失这种功能，他们只能通过字面、指令来理解他人，对于复杂的隐喻、情感、事物背后的含义毫无觉察力。且不论“移情能力”与幸福是因果关系抑或只是相关性，它是一种很有趣也很有用的能力。这种能力的获得，有人认为是与生俱来的基因遗传，也有人认为通过心智成熟和思考就能得到提高。

当你真心想和某个异性发展深度关系，仅仅知道大多数人讨论什么是不够的，你还要知道她讨厌什么、喜欢什么。当然，你也不必为自己的笨拙而担心，比起灵巧和油嘴滑舌，有时候，带着真诚的笨拙

1　一种泛自闭症障碍，其重要特征是社交困难，伴随着兴趣狭隘及重复特定行为，但相较于其他泛自闭症障碍，仍相对保有语言及认知发展。

反而显得挺萌的。

避开致命话题，练习移情能力，饱含真诚的态度，我想，没有人会讨厌这样的人吧。

不完全调研报告：未婚富喜欢什么样的女生？

一直很想写一篇关于未婚富喜欢什么样的女生的文章。但是又一想，我又不是男生，怎么可以随便写呢？所以我调查了身边的 6 位单身未婚富，我让他们来和大家说说喜欢什么类型的女生！

对未婚富感兴趣的女生，一定要来读！

/ 第一位男生 /

姓名：小栗

年龄：28 岁

背景描述：算得上是官二代！在美国读的LLM[1]，担任某大型公司的高级法务（是我的前同事）。人很萌，喜欢服装设计，经常去看时装周什么的，属于又时尚又有实力的男生。脾气很好，偶尔喜欢吐槽，喜欢吃蓝莓（和我一样）。

希望女生的家庭背景：无所谓。

希望女生的长相：一般就好，会打扮是最重要的。

---

1 全称是 Master of Law，是一个一年制的法学进阶课程，相当于硕士学位。

结婚对象最重要的品质：长得好看，懂时尚，会生活。希望女生是受过良好教育的，脾气是正常人就好了，可以一起聊很多话题，要是熟悉各种艺术流派的女生就更赞了。

不能忍受的品质：神经质、讲粗口、以邋遢为荣。

/ 第二位男生 /

姓名：王先生

年龄：34 岁

背景描述：某 4A 广告公司的负责人，做过非常多牛 × 闪闪的案例，在日本和美国都工作过。他是一个胖子，喜欢吃好吃的、睡觉，是一个超级无敌的工作狂。

希望女生的家庭背景：普通家庭即可。

希望女生的长相：娇小一点儿比较好。

结婚对象最重要的品质：温柔体贴顾家。喜欢长相温婉，皮肤白皙一点儿的女生（偏向日系的女生），希望女生可以处理好家务事。对女生的家庭背景、教育背景没有什么要求，但是希望女生是很用心、不偷懒的人。

不能忍受的品质：抱怨、唠叨。

/ 第三位男生 /

姓名：李 LL

年龄：27 岁

背景描述：他是我的校友 + 学长，长得一般，属于比较路人的吧。身高 172 厘米，体重 62 公斤，来自某个贫穷的家庭。现在是某乐团的助理指挥，收入什么的挺不错的，租的是特别好的公寓，有一辆BMW[1]。本科在英国某知名音乐学院，硕士毕业于美国某著名音乐学院。个性是极端完美主义，小情绪化。

希望女生的家庭背景：无所谓，关键还是看人。

希望女生的长相：主要是气质要好。

结婚对象最重要的品质：能把家经营出温暖的感觉；知识面很广，聊什么都不冷场；擅长交际就更加分了。

不能忍受的品质：庸俗、没事儿找事儿、三观扭曲。

/ 第四位男生 /

姓名：Frank

年龄：32 岁

背景描述：某大型咨询公司，从事分析方面的工作。理工科背景 + 名校 MBA，不过是一个大胖子！！！大概有 170 斤吧，非常壮硕。人很爽朗。他说自己在生活中挺马虎的，家里经常乱七八糟的。而且，他相信星座。

希望女生的家庭背景：无所谓，父母无太大负担即可。

希望女生的长相：都可以，关键是来电。

结婚对象最重要的品质：长得稍微好看一点儿，大方，有幽默感，能和一大家子处好关系。

不能忍受的品质：自私、无理、不讲道理。

---

1 即宝马，德国汽车品牌。

第五位男生

姓名：S 先生

年龄：29 岁

背景描述：国企，北大地质学博士，还挺萌的，挺呆的，有一点点像京巴，喜欢运动和打游戏，家里很土豪。

结婚对象最重要的品质：不阻挠自己打游戏，得体，体贴，能站在别人角度想问题。

不能忍受的品质：斤斤计较，不依不饶，自以为是。

第六位男生

姓名：梁石头

年龄：31 岁

背景描述：金融男，特别特别爱交际！特别爱！！各种派对之类的！！！还喜欢运动！人很帅！

希望女生的家庭背景：无所谓。

希望女生的长相：身材什么的最重要了。

结婚对象最重要的品质：能让他有一种长久触电、有激情的感觉；希望女生见多识广，有独立思考的能力。

不能忍受的品质：公主病。

总结

1. 条件好的男生，对女生有同等的要求。懒惰的姑娘就不要想了。

2. 大家都不喜欢脾气很差的、计较的女生。

3. 结婚对象中，大家比较看重的是温柔、能经营家庭、有共同话题之类的。

4. 大家对女生的家境其实没什么要求，所以，看得出女生的家境不会给你减分或加分多少。

5. 虽然这些男生都来自不同的背景，从事不同的职业，但是，他们对很多事情的期待其实是差不多的。

6. 男生，真的是共通性很高的物种啊！

/ 最后想说的话 /

这些要求看起来简单，但是真的有几个女生能够做到呢？就拿擅长经营家庭来说，它包含了和三姑六婆处理好关系，把家管理得井井有条；关于视野广、博学之类的，有多少女生真的敢说自己能从艺术聊到科学再到奢侈品；说到宽容、体谅别人，不少女生误把“忍耐，我忍着，我不说”当成体谅，把“被践踏底线还无所谓”当成宽容、体谅。

这些品格是需要后天非常努力才能习得的。

关于女生家境的问题。一个拥有这些优秀品德的女生，我相信即使家庭条件一般，通情达理的长辈也都会比较喜欢吧。当然，普通家境也不是让你穷得叮当响，S 先生后来和我说，他对普通家庭的定义是“父母有稳定良好的工作，家里有一定存款，房子有两套左右就差不多了”。

好啦！如果和一个男人结婚，他处理不好你和他家人的关系，这种男人要来做什么？如果一个男人的家里稍微有点儿意见，他不去帮你解释，而是说“我压力大扛不住”，你不觉得他可能早就想分手了吗？我还听说过有一种男生，经常和女生说“我家里就是要我找门当户对的”，然后和各种女生约会，然后用这个借口不结婚。如果男生真的想和你在一起，他态度坚决，你也品行兼备，你们怎么可能不在一起？

以上男生都是我的挚交好友，他们的想法仅供参考。希望每个女生都能结识到很赞的朋友圈。

延伸阅读：什么叫作“未婚富”？

我个人认为，“高富帅”应该是男神的最高境界，对于大部分女生来说，要和这样的男神短期交往一下应该不是难事，但是如果把他们当成稳定交往或者结婚的对象，则显得难度比较大。所以，本人认为，“未婚富”是比较适中的优质择偶对象。

“未婚富”的定义是，年收入 50 万以上、资产 300 万以上、受过良好教育、三观正常的男子，其中有一个很重要的标准，就是得是未婚。（如果一个男人条件很好，但是他已婚，请远离他们。因为，你可能得不到任何好处，即使得到物质的好处，你也是通过透支未来的幸福得来的。）

他们一般有一份比较好的工作，避免了像富二代那样游手好闲；长相方面应该比较路人，但不会有猥琐的气质。他们普遍有比较好的教育背景和工作经历，所以聊起天来也会比较开心。这种男生一般事业都比较稳定，也比较适合组建家庭。因为有比较好的经济积累，也能给你尤其是后代比较好的生活条件。在心智的成熟度上，也值得相信和依靠。

男生的“经济富裕”仅仅是一个结果，这个结果更多地折射出来他们曾经受到过良好的教育，他们的智商更高，同时也更勤奋，他们在通情达理的家庭中成长，等等。这些都让他们拥有了视野广阔、责任心、幽默感、尊重女性等特质。

“未婚富”中间也有多种分类，比如说文艺的，个性比较积极的，偏爱享受生活的，工作狂的，等等。我在这里仔细讲一讲 5 种比较常见的“未婚富”吧。

/ 金毛型 /

这种类型的男生，往往还长得一副好皮囊，而且还有温顺的好脾气。见面的时候总是笑眯眯的，和每个人都非常亲近。在和朋友的交际中，他都能够很好地照顾每一个人。即使以后深入交往，也会不禁感叹“这个家伙脾气真的很好啊”，大概因为如此，他们的女生缘也比较好。一般来说，金毛型男生都很善良。

关键词：温柔

常见分布行业：各大外企

经常出没地：书店、朋友聚会、环境好的室外咖啡店

/ 中华田园犬型 /

主要的特点是土生土长，没有留学背景，价值观也比较传统。对于外来文化不是特别感兴趣，更加喜欢的是和朋友喝茶，比起西洋乐更加喜欢民乐和中国传统艺术。个性比较稳重，四平八稳，做事情考虑得很多。他们的交际圈里有很多都是体制内的朋友。

关键词：传统、中国特色

常见行业分布：各种体制内的职业

经常出没地：茶馆、古琴社、户外活动

备注：本人最不喜欢这一种……

哈士奇型

这一种最萌了！

他们的精力极度充沛，上午 8 点到办公室，晚上加班到 12 点，完全就好像没事儿一样。而且，业余时间可能还比较爱运动。在你和他交往的过程中，基本看不到他失落、惆怅的一面。就算在工作上遇到挫折，他们也能很快调整好。但是，一年有几次抽风的时候他们会陷入比较阴郁的状态。所以，要抓住这个机会好好地关怀他们哦！

关键词：活泼得要死，精力极度充沛

常见行业分布：券商、风投、分析师

经常出没地：高端写字楼的星巴克、金融街附近（本人坐标北京，上海的同学就陆家嘴吧）

斑点犬型

斑点犬曾经有一段时间特别流行，但是现在很少人养了。为什么呢？

因为它们太难伺候了！！！

斑点犬型男很喜欢闹别扭，有小脾气，傲娇。稍微一点儿不合心意，就会不爽！总之，是一个大少爷！不过，这种类型的男生还挺会享受生活的，对各种隐秘又好吃的日料店了如指掌，并且还清楚哪一家的 Mojito[1] 最好喝，就连 Vera Wang[2] 出新香水了，他也是第一时间知道。

1 鸡尾酒的一种。

2 著名华裔设计师王薇薇的个人品牌。

关键词：傲娇、爱享受、生活品质什么的最重要了

常见行业分布：公关、广告、媒体

经常出没地：各种隐秘高端场所、吃喝玩乐的地方（如，北京的秀酒吧、D lounge[1]、隐泉、新光天地等！但！请注意！别在这些地方找男朋友！就算在这些场合认识了男生，也要好好分辨他是不是playboy[2]，要保持矜持！）

/ 京巴型 /

从外表看来，根本看不出他们和普通人的差异。甚至聊天的时候，也不太会觉得这个人很赞、很有趣。他们的个性都比较老实，甚至有点儿木讷。但是慢慢相处起来，会觉得这种类型的男生很好懂，也很乖。如果比较追求另一半是听话的，可能要牺牲一些有趣、幽默的特性，来选择这种类型的男生。但是，是真的老实，还是花花肠子的闷骚，大家可得看清楚了！

关键词：老实

常见行业分布：IT、技术

经常出没地：家、野外

虽然写得比较不全，但是这几种确实是比较常见的类型。希望每一个女生都找到自己的 Mr.Right[3]！

1 北京著名酒吧。

2 即花花公子。

3 直译对先生，即真命天子。

PART 2
这个世界靠卖萌是没用的！

妈宝男[1]这种生物啊！

今天感冒严重，在微信群里聊天，有一个妹子在吐槽和妈宝男的恋情。她说，他妈妈是我们爱情里的第三者，不，我才是他们母子情里的第三者。

妈宝男是一种很神奇的生物，他们的肉身已经成长成人，但是内心仍然需要妈妈的“呵护”。他们的成长过程中充满了被控制、被溺爱、被占有。当这种行为模式长时间持续后，他们就变成了妈宝男。

/ 快速识别妈宝男 /

他们可能有各种各样的外表，看起来和普通的男生没有差别，甚至有一些个性很温柔。但是他们往往会有以下特性，符合得越多越可疑：

1. 毕业多年，经济已经独立，还和妈妈住在一起。

2. 大部分东西都是妈妈买的，甚至包括内衣裤。

1　网络用语，什么都听妈妈的、妈妈什么都是对的、什么都以妈妈为中心的男人。

3. 结婚、上班、交朋友等事情，都以妈妈的意见为主导。

4. 每天和妈妈发无数条短信，打无数通电话；稍微晚点回家，妈妈就给他狂打电话。

5. 和妈妈仍然保持着无视“性别差异”的相处，比如大晚上妈妈还随时进来给盖被子，给儿子剪指甲等。

6. 只要妈妈/家长反对的，他们就会胆怯，而不是思考“这个东西是不是我想要的”。

7. 对妈妈的心灵/物质有依赖，甚至是对两者都很依赖。

/妈宝男的成长历程/

我有一个朋友曾经和妈宝男谈恋爱，周末说好了要约会，他妈妈一个电话就可以把他叫回家；他交往过的几任女朋友都因为妈妈的反对而分手。她做了很多事情，想帮助男朋友变成一个正常人，但是她男朋友反而指责她“挑拨母子关系”。

也有一些妈宝男总在独立和依赖之间徘徊，他们明明知道自己的行为是不对的，但是就是没有办法摆脱这一切。

一个男生变成了妈宝男，最大的责任并不在这个男生，更多的是在于家庭教育。他们的家长本身有人格不太健全的倾向，在教育孩子的问题上也没有做正确的事情，干脆就把孩子当成自己的私人物品来处理。她们的自私自大随着孩子的长大日益膨胀，认为自己才是孩子人生的主宰者，认为其他人的利益都要为自己的孩子让道。

妈宝男无法保护你，他不愿意反抗自己的母亲，和爱不爱你这件事情没什么关系。在这样的环境中成长的孩子，他们在本来应该学习独立和思考的年龄，被“服从”的标签所抑制；一个从小被剥削成长机会和独立机会的男人，你不能指望他在认识你后，以前不会的东西瞬间就会了。简单地说，他们二十几年里缺失的东西太多，在短期内学不会，也学不明白。

如果你期待一段轻松愉快的恋爱，最好不要和一个妈宝男在一起。

不行，我就是要做拯救妈宝男的妹子

有人问妈宝男有没有可能会改变？

虽然概率不高，但是也不否认可能性确实是存在的。

从我身边看来，一般会改变的妈宝男都是“自己觉得这样活着不对的人”，他们是心里已经厌倦目前的生存状态，又不知道怎么改变现状的人。说白了，就是一群想改变又无力的人，他们非常需要他人的帮助。

关于帮助他们，我觉得有几点是蛮重要的：

1. 不要骂他们，不要数落他们。他们心里的台词是：“我已经很需要你的帮助了，我只是希望有人帮帮我啊！你为什么要骂我？！好伤心啊！！！”总之，不留情面的责骂会让本来就软弱的人变得更软弱，更害怕改变。

2. 多讲道理，让他明白什么是对的，什么是错的。通过理性分析消除他们心中的迷茫，变得坚定起来。

3. 在他处理母子关系、做其他事情的时候，可以一起规划，但是真的执行时要让他自己去做，只要稍微有一点儿进步就要鼓励他。不要自己先和他妈打起来，否则容易把他从妈妈的儿子变成你的儿子。

4. 这个过程可能会很长，你要有耐心。（当然，你也可以觉得太累了，下决心和他分手并开始下一段恋情。）

/那些父母才是罪人/

女生觉得这种男生窝囊，没意思。我们可以轻易做到的事情，为什么他们做不到?

抱歉，他们就是做不到，他们的心智从来没有超过 18 岁。

比起指责妈宝男无能，我倒觉得他们的妈妈、家庭才是真正的罪人。他们才是摧毁孩子人生的家伙吧。

备注：我觉得妈宝女也是一个问题，本文虽然写的是妈宝男，但也请妈宝女对号入座。

什么是成熟的男人

我一直觉得成熟是一个被滥用的词。

你随随便便看一个征婚帖，一个和自己前女友都纠缠不清的男人，都敢大言不惭地说“我是一个成熟的人”。很多人对于成熟的定义是非常标签化的，比如月入两万，已婚，有稳定工作，看起来显得老，年纪 30 岁左右就是成熟。年纪大，毛孔大，皮肤差，穿得老气，不爱说话，很容易就伪装成一种成熟的假象。那些宣称自己圆滑世故理性又厚黑的家伙，面对不对的事情㞞得和龟星人一样，唉，那个不是成熟好吗，那个是一点儿一点儿把人性中美好的部分打磨掉。

人从幼稚走向成熟，是一个舍弃与学习的过程。在这个过程中，我们学习善，学习克制本能，学习不伤害别人，学习同情心与同理心，学习和本能抗争。成熟的人除了肉体的成长以外，最重要的是心智的成长。我个人认为，成熟的男人或女人应当对是非对错有分辨能力，有道德感和自我约束力，能够承担责任和处理多重的社会关系。还有一个最重要的指标是，成熟的人知道自己想要什么，该做什么，不该做什么。

人这一生，终究要和许多本能和冲动进行博弈，但是我仍然愿意相信克制会让你获得更多，通往成熟的道路肯定有快乐也有痛苦，每当度过一个阶段，你会知道自己的每一滴汗水、每一滴眼泪都没有白流。

电影院里的奇葩

第一种：别把电影院当新东方好吗？！

上次在双井的 UME 影院看电影，旁边是一个女生。观影过程中，电影里的人物念一句，她跟着念一句。持续 15 分钟以后，我受不了了。我就问她，你能不能不要念字幕。她不念了。过了 10 分钟，她又开始念中文字幕。我崩溃了，坐到前面去了。

第二种：我的梦想是当足球评论员。

《地心引力》其实安静的桥段很多的。

安静的时候最可怕的是听到有人说“哇，她会死吗？”“好厉害啊！”“你看！她一定会甩出去的……”，类似这样的评论员上身。

第三种：诡异的电话党。

上次去看某部爱情片，后面的大叔电话响起，他就特别淡定地聊了起来，说“我今天赚 ×× 个亿”“×× 部长是我亲戚”之类的。有一个姑娘受不了，站起来对着大叔喊了一句：“神经病啊你。”

第四种：不吃带异味东西会死啊……

我曾经遇到有一个人吃着韭菜包子看电影的。我一个朋友说去看午夜场电影，还有人带着烤串儿去的……那味儿……

第五种：超级爱聊天的情侣。

那种从头聊到尾的情侣真的好让人崩溃啊！特别想掐死他们……真的！

世界上没有理所当然

我上学的时候，和一个大提琴专业的妹子混得很好。有一天，她和我借 300 块，对于学生来说，300 块其实是挺多的，碍于囊中羞涩只有 150 块，我问她说：“能不能只借你 100 块？”她说：“你为什么不把 150 块都给我？”

继续说，我的一个朋友，交往了一个大家都不看好的男朋友，辛辛苦苦地陪着他创业，陪着他吃咸菜，遭人白眼。有一次我们出来吃饭，我对男生说：“R 不容易，陪着你辛苦创业，你对她好一点儿。”他说：“这个是她自愿的，再说了，吃点儿苦不是应该的吗？”

今天下午和某奢侈品公司开会，他们要做一个品牌活动，要请人来。既然是品牌活动，请人总得给点儿钱，最后才好意思让人写写文章吧。但是，对方的品牌经理问了一句：“我为什么要给钱？我就是要免费的。”理所当然到让所有人都汗颜的程度。

嘿，我每次看到这些觉得“什么事情都是理所当然”的家伙，真的好想拿一盆咖喱摔他们脸上啊。这种人从来不能理解，更加不能尊重他人的付出。在他们看来，别人为他们牺牲简直是一种莫大的被上帝恩赐的荣幸。

遗憾的是，这种家伙无处不在，小到闺密的男朋友，大到合作伙伴和客户。再补充一句，如果你一旦拒绝他们的要求，他们会用一种强硬的态度来指责你，稍微弱一点儿的妹子立刻就会在心中产生内疚感，然后，他们就达到目的了。

人生活在社会中，考虑自己的利益和尊重他人的利益是不冲突的。你需要做的不过是拜托别人做事情的时候心怀一丝感激，多体谅对方一点儿，找别人帮忙的时候不要开口就要免费，尽自己所能给对方一些费用和资源，这样彼此都会感觉很愉快，也会有更默契的关系。

在情感中也是一样的，不要觉得对方成为自己的女朋友（或男朋友），一切都变得是应该的。如果不是你，她其实可以和其他人在一起，可以和其他人分享自己的人生，但是她选择了你，本身就是为了你放弃了其他的选项。这并不意味着你要对她感恩戴德，而是看到对方为你付出的时候多说一声谢谢，在对方心情不好的时候说一声“加油”，在对方做家务的时候说一句“你做得太好了”，争取下次也帮忙做一次家务……她并不是因为成为你的另一半就应该给你做这个做那个，她是因为爱你才心甘情愿为你做这些的。

人与人之间的互动都是你来我往的，如果每个人都能理解对方为自己所付出的辛苦，自然就能和平相处，彼此都能过上幸福愉悦的生活。在我看来，如果一个人把一切都当成理所当然，其实也不算是一个完整的人，只是一个禽兽而已。

男生没有必要容忍坏脾气

我经常收到情感方面的咨询豆邮，其中最常收到的类型就是“我经常打骂、挑剔我男朋友，他现在不搭理我了怎么办？”“我脾气不好，所以男朋友嫌弃我”。有时候真想简单粗暴地回一句：“你改改脾气吧你！”遗憾的是，这一切并不是那么简单。对于脾气暴躁的人来说，戒掉发脾气就好像烟鬼戒掉香烟、胖子戒掉零食那么难。在和她们深入聊天的时候，发现她们并不认为“痛斥另一半”是一件错误的事情，甚至认为爸妈都是这样过来的，为什么自己不能够这样？

在上一代的婚姻关系中，包括我们看的很多电视剧，都是女方拼命地责骂男方，似乎因为爱、因为家庭，男方就应该理所当然地忍受责骂；甚至对待孩子的教育，我们也信奉“打骂是爱”“一切都是为了你好”的原则。深究下去，他们真的是为了别人好吗？其实说到底，他们只是通过责骂他人宣泄怒火，并且选择一种自以为简单省事的方式去处理问题，至于他人的感受，绝对不会在他们的考虑范畴之内，他们甚至觉得感受是不重要的东西。当越来越多的人认同这样的子女关系、婚姻关系的时候，不愿意忍受辱骂的人成为背叛者，就会被扣上“负心汉”“不孝子”的帽子。

我们对于情感、对于世界最早的认识，是从父母那里开始的。身边也有许多女生，也正在延续上一代的错误情感模式。她们和男朋友的相处，总是纠缠在畸形和矛盾的相处方式之中。她们自信满满地认为忍受自己的坏脾气等同于爱自己，她们需要的并不是爱人，而是情感与恶意的宣泄口，或者是一个唯命是从的奴隶。在她们看来，在一段感情里，无论从物质还是从情感，自己都必须是占有特权的。一种“我永远是对的”“我可以随时不顾及你的感受”的特权。通过这样任性的特权证明对方的爱，真是令人遗憾。

男朋友这种生物，不是救世主。你不要期待把一切的不如意都扔给他，自己从此过上快乐的生活。他和你一样，都是血肉之躯的人类。他和你一样，会有情绪，会伤心，会流泪，会坚强，会软弱。你们彼此相遇，为的是一起分享生命，一起分享生活中每个感人的瞬间，为的是你跌倒的时候想起了他，就会拥有站起来的勇气。

如果你希望男朋友可以忍受你的坏脾气，忍受你的辱骂，忍受你的不尊重。嗯，其实可能也是有办法的。你要努力地学习，最好能上个常春藤名校什么的，最后你再拿一个生物学的博士学位，然后你成功地改造了人类的基因，不仅造出一个百分百符合你心意的男朋友，之后还可以拿诺贝尔奖。

祝你好运。

结婚，怎么结？

上个周末去参加了一个活动。坐在我们这一桌的有个30多岁的大哥，大家寒暄过后，他就开始问大家有没有结婚。在场的女生大部分年纪都比较小，所以都是未婚状态。这位大哥就开始教育大家，你们不结婚不行啊，女人最重要的就是结婚，甭管怎么样，就是赶快结婚去……

我在他的唠叨下，突然想起每年春节，长辈总喜欢劝说后辈快点儿结婚。在他们眼里，你不结婚就是罪过，什么改变世界，什么梦想，什么工作，什么执着奋斗，都必须给结婚生娃让道。至于婚后过得不爽，他们会和你说“忍一忍，一辈子就过去了”，真让人不寒而栗。

对比起长辈的行为，我更难以接受年轻的女生或者专栏作家鼓吹“不结婚你就输掉”“女人的价值是美貌和子宫”那一套价值观。在他们的世界观里，读书和追求自我都没有必要，甚至做一切事情的目的都是为了“嫁人”，哪怕没有好选择，你也要退而求其次地结婚，否则你就和喵星人孤独终老吧！

面对这样的言论，我忍不住恶意地揣测一下，她们没有办法做出厉害的事情，就认为所有的女人都做不到，更加恨不得所有的女人都像她们一样。

你若是曾经为了做好一件事情处理过复杂的人际关系，你就知道在家庭中怎么处理好亲戚的问题；你若是在工作中被训练成一个很有条理的人，你就更加知道在生活中如何有条理地处理家务琐事。

你明白自己是一个什么样的人，你拥有了坚定、有趣、宽容的品格，这些统统比“快快结婚”更重要。这种种的宝贵经验，能让你学会理解他人和解决问题，它或许不能让你嫁给比尔·盖茨，但可以把你的婚姻变得有趣、有质量。

我相信婚姻和感情会给女生带来很多正面的力量。

但是，在你年轻的时候，有其他更重要的事情等待你去探索，比如个人成长、了解世界、心智的成熟、学习责任心、学习处理烦琐的事情的能力等等。

很多长辈让你结婚，却不在乎你是否具有经营家庭的能力。缺德的情感专家教女人钩心斗角装委屈不要婚前性行为，好像这样子就可以幸福一辈子。建立在“焦虑”“心机”基础上的情感，真的会长久吗？这个世界上没有什么捷径，幸福的婚姻也不过是建立在坦诚、友好相处和理解之上。

坦白来说，要做到这几点并不容易，需要你后天耐心习得。你在生活中学到的越多，你就越能把你更好的那一面呈现给自己爱的人。退一步说，你身为孩子的第一个老师，你总得有点儿优点和良好品格吧？

无论你有多少计谋，我相信也有技穷的一天。在婚姻中，你需要谈心、吃饭、管理家务，没有人能抱着乱七八糟的计谋、厚黑学过一辈子的吧。维持婚姻和感情，互相理解和保持良好有趣的互动比什么都重要。如果你因为年龄大了的焦虑感而结婚，你觉得“可靠”就结婚，你能保证和对方一直走下去吗？有姑娘会这么想，工作好辛苦，不如结婚好了。说得好像这个世界会给已婚人士特权，结婚以后就没有任何烦恼一样。结婚前，你做不好的事情，结婚以后还是做不好；婚姻不是可怕的事物，但是更加不是灵丹妙药啊。

结婚就好像烘焙。在把食物放到烤箱里之前，有许多非常重要的步骤不可忽视；如果你太着急，想着把东西塞进去、随便烤烤肯定容易发生悲剧，不如耐着性子把前面重要的步骤认真做好，才能够在 20 分钟以后吃到可口的食物。

离婚率居高不下的今天，希望每个人都能让自己幸福。

得不到的才是最好的？我呸！

今天早上拍片子，饿得半死，朋友送上了一个八卦。

大概是一个姑娘，交往了不错的男朋友，虽然不算富二代，但对她很好，人品也不错。但是她就是对人家不上心，没事还对骂几句，莫名其妙地发脾气，等男生不高兴，说要分手，她还说“你有种就分手啊”，结果真的分手了！过了一段时间，她又跑去跪舔人家，和身边朋友说什么“当我失去他的时候，才觉得他是最好的”。

这种故事还真不少。我还听过一个女生，永远都是对男朋友特别差，等男朋友离开以后又开始怀念，总在微博上写什么“得不到的才是最好的啊”之类的鬼话。也有一些男生，只要女生一旦和自己交往立刻失去兴趣，而对方转身撤退，就立刻觉得这个女生好好，觉得自己特别爱对方。

我觉得这种人真的很分裂。当你身边的人对你心怀善意、对你好的时候，你想骂就骂，想发脾气就发脾气，把人家折磨得够呛；非要人家不理你了，你才觉得别人好。这种人，我觉得他们就不配得到好东西。因为，他们活得真的太低级了，一定要别人对他们坏才行。

他们根本不懂得什么东西应该珍惜，什么东西是重要的，只会被一些小把戏耍得团团转。说难听点儿，就是分辨是非的能力有问题。他们不能理解爱和他人的付出，他们只是需要别人对他们好，自己是绝对不会付出一分的。所以别人跑掉的时候，他才会想紧紧抓住不放。你若是心软回头，发现没有过几天，他又变成原来的模样了。

大概是这种极品不少，就有人发明了什么“永远不要让男人得到你”之类的鬼话。

好比两个正常的年轻人谈恋爱、结婚，本来就是诚意交心的过程，以后还得组建家庭呢。对于那种秉承“得不到的才是最好”的人，你要做的不是延迟和他上床，也不是玩欲擒故纵，而是要离他远远的。你得用自己的行动告诉对方这个世界不是围绕着他转的，每个人都要对自己的行为负责任。你对别人坏，别人就会不爱你；只有彼此共同付出，才是真爱。

男女的情感交往中，不管你前面折腾多少把戏，后面都是要面临亲密关系相处的问题，所以，远离“得不到就是最好”的男人和女人，就是爱自己的表现。

热恋期过后，怎么办?

今天收到一封还蛮意味深长的豆邮。

她问:“为什么我的爱情总是3个月到6个月以后就会变得不顺心?为什么一到了磨合期就想分手?热恋结束后，要怎么办?”

我相信，每一段爱情都是从吸引开始的，你可能被对方喜欢艺术、博学、热爱生活之类的优点所吸引，他那些Bling Bling[1]的闪光点，让他变得那么与众不同。那时候，我们对那个人的理解并不完整，我们读到他的好，却读不到他的迷茫和他的缺点。

当你们决定开始交往的时候，你们可能并不在一个步调上。

他可能会在开头的时候爱得多一点儿，你投入得慢一点儿；然后到了中途，你爱得太多，他反而开始有一点点迟疑。

---

1 指闪闪发光。

或者，某一天你心情不好的时候，他在加班或者打游戏，忽略了你，你会开始怀疑：“咦，这个是我想要的人生吗？这个是我想要的爱情吗？”这个困难可能并不是金钱上的，而是你们如何协调相处模式，小到家务中的鸡毛蒜皮，大到和异性的关系。

这个过程中，彼此都需要付出耐心，做出共同解决问题的承诺，然后再在这个原则基础上调整共同的步伐。

这个过程既浪漫却又让人烦心，有时候就连周末是要宅在家还是要外出听音乐会这种问题，都要讨论半天，也有可能以不欢而散收场。但是“懂得如何恋爱”的恋人，会在每一次的争吵中学习经验，了解彼此，并且会控制争吵的频次和情绪，不会让每次讨论变成彻底失控的事情。

很多人太懂得忍耐，而不知道讨论问题的重要性，也不懂得如何讨论问题，导致了很多本来没有必要的分手。

讨论问题一共有 4 个重点：

1. 建立在常识的基础上；
2. 站在对方立场思考；
3. 不断扩大共识；
4. 就事论事，不互相指责。

如果每次讨论只是自己噼里啪啦乱说一气就算了，那个叫作宣泄脾气，不叫作讨论问题。

这个过程非常难，需要彼此抱着耐心和信念，一起认真地投入，一起解决。

这个阶段的爱情就好像种花花草草，开头的时候你很开心，但是当它继续长大，需要不断施肥和抓虫，你就开始崩溃了。但是当你熬过这一段，就会发现一切又好起来了。

每一个过程都会有好的地方和不好的地方，你要去享受每一个过程，解决每一个过程给你的考验，然后你就会得到奖励。热恋的激情固然迷人，但是随着时间积累起的默契感和相处中的小幸福，也会让人觉得很开心。

乖乖女的择偶困境

有一种女生，她们虽然长得不是最美的，但是非常乖巧。她们从小学习成绩挺不错，上的都是比较好的学校，工作也还算得上顺利。她们，是其他爸妈口中“别人家的孩子”，更是乖乖女。这样富含中国特色的乖乖女，其实是失败的教育体系和可怕的父母共同打造的。教育观念的扭曲，要求每个人必须按照某一个标准成长，家长为了降低风险，忘记了孩子“是一个独立的人”的属性，强迫她们变成自己想要的模样。

经过了 20 多年，她们的肉身成长为大人，但是心智仍然还处在懵懂的状态。

在她们看来，父母是否同意简直是人生头等大事。对于恋爱，她们又害怕又期待，毫无实践经验。这样的女生，想要遇到对的人，需要付出艰辛的努力。幸福的恋爱只可能发生在两个独立的人格之间，如果你本身有缺陷，不但无法给对方带来快乐，更别提让自己幸福了。对了，顺便说一句，这种类型的乖乖女不是按照父母的吩咐和一个没啥感情的木讷男结婚，就是一头栽在花花公子手里。

这样的女生，往往会让人觉得缺乏魅力。魅力并不是胸大，而是你和这个人聊天的时候，你会觉得她和你有强烈的共鸣，或者你觉得“哇，这个人的世界真有趣”。你会为这样有魅力的人所倾倒，因为你觉得世界似乎又被打开了一点儿，看到了更多五彩斑斓的风景。

所以，你想遇到一个好的男生，先要把自己变成一个有魅力、人格健全、自尊自爱的女生。

首先，你要先反省你的原生家庭。如果你是一个妈宝女，那么就试一试对他们的控制说不，不要害怕父母生气与失望，只有活出自己，才是对他们给予你生命最好的回报。你可以尝试搬出父母的家，不去做他们安排的工作，过一段随心所欲的生活。是的，你当然会遇到挫败。挫败的原因是你以前从未好好了解自己。你的人生，你的择偶，你的事业，父母是不会为你负责的，他们不一定知道什么最适合你，所以，你要通过自己找到最适合自己的。

离开家以后，你可以选择一件自己喜欢的事情。运动，或者艺术活动，好好地全身心地投入到某件事情里，结交一些有趣的朋友，做一些自己喜欢的事情。培养自己的爱好，是一件幸福的事情。想认识更多好男生，就先从有共同爱好的人开始。不然，你真的以为打开微信就能摇到男朋友?

其次，不要太害怕去约会。可能约你的那个男生不够靠谱，可能某个搭讪的帅哥收入不够高，不是好的结婚对象。那又怎样？你不去大胆地约会，根本不可能知道什么样的人适合你。约会不会有那么多风险，他们不会吃了你，只要他们做你不喜欢的事情，你就大胆拒绝；如果觉得感觉还不错，可以下一次再约出来聊聊。

许多女生没有谈过恋爱，她们真的知道什么样的人适合自己吗？或者，她真的有能力和这样的男生交往吗？有时候多看看不同的人，你将会收获不同的酸甜苦辣。你会在这些情绪中成长，学习到男女相处的方法。所谓的与人交往的技巧，无非是通过大量的社交和自省所获得的。（友情提醒，无论任何时候，请多多站在别人的角度思考问题。）

我不知道你多大。你可能 20 岁，可能 25 岁，也有可能 30 岁。但是，无论如何，请一定保持一颗好奇、积极的心。你要不断地提高自己的层次，你将会看到更多更好的人。提高层级并不是让你成为 CEO，而是不断地更新自己对世界的看法。尽自己的最大可能结交一些三观正、有趣的人，他们也会带给你许多积极的影响。

许多女生遇到的择偶、恋爱问题，其实并不是真正的恋爱问题，而是从来没有人教过她们应该怎么做。所以，如果你做得不好，也不要内疚，那不完全是你的错。我们父母那一代，遭遇了惨痛的社会动荡，他们也活在焦虑和深刻的不安感之中，大部分情况下，他们本身就活得很尴尬。

我们生活的社会现实是很残酷的。我理解有的女生结婚为什么死活要有一套房子。因为，她这辈子无论多么努力，都可能无法买到一套房子，所以她只能寄希望于婚姻来改变自己的现状。这个悲哀并不是拜金所造成的，而是社会所造成的。

所以，生活在这个时代的你，看清楚身边发生了什么，决定成为一个什么样的人显得非常重要；这个会影响你，你的另一半，乃至你的下一代。

所以，无论你打算成为一个乖乖女还是成为其他人，我都希望这个是你自己做的决定，而不是社会、父母替你做的决定。

女神与乡村女神

/ 女神是一个美好的名词 /

前段时间去参加聚会，有一个新朋友说他一直在读我的豆瓣专栏。我在对方的溢美之词之下深感不好意思，客套几句后，他兴致勃勃地问我："在你收到的豆邮里，有没有哪一类男生是你觉得特别可怜的？"

这个问题从来没有人问过。

大部分人都更想知道某某专栏作家是不是直男，某某人和某某人是不是一对之类的……我很认真地思考起来，想了大概有10分钟。"我觉得……嗯……遇到乡村女神的男生最可怜了。"

"我只听说过女神，乡村女神是什么东西？"男生诧异地看着我。

"嗯……"我努力地选择着措辞，"就是那种自以为长得好看，然后占尽男生便宜的家伙。"

在我的心中，女神是一个真正美好的名词。

除了活跃在荧幕上的 ×××、××× 和 ××× 配得上真正的女神称号外，在我的现实生活中，也确实见过一些挺女神的妹子。她们的特点是念书好、三观正、逻辑清晰、人品正直靠谱，当然，还有比平常人略微出色的外貌。从小到大，她们的追求者加起来可以从国贸一直排到东大桥，即便如此，她们也没有养成讨人厌、爱看不起人的坏毛病。在这个无聊又无趣的世界，她们是一个闪闪发光、为了美化人类生存环境而存在着的族群。

而乡村女神，是女神的 A 货版本。

乡村女神的定义是，有一副长得还可以的皮囊，但没有什么实际的内在；同时自视甚高，认为自己凌驾于一切之上，可以随心所欲地玩弄男人的感情，把暧昧当成魅力的标志，并且常常打算通过自己的外貌获取一些利益。比如，明明不喜欢一个男生，还收下对方辛苦攒钱买的 iPhone；仗着对方的追求，让对方为自己做这个、做那个；没有零花钱的时候，直接发一个淘宝链接给对方，要求对方埋单……总而言之，一句话概括乡村女神就是——稍微长得好看点儿就觉得自己是可以占尽天下便宜的女生。之所以叫她们乡村女神，是因为这种行为总让我想起村里那些为了一毛两毛而占尽小便宜的人。

/ 利用别人的喜欢是可耻的 /

我不知道被乡村女神毒害的男生到底有多少，所以我只能说，至少每隔一两天，我就可以收到一封男生的豆邮，哭诉他们的惨痛经历。

其中大部分的故事都像是晚间法制栏目或者真人秀里的情节一样，狗血得一塌糊涂。我还记得其中有一个男生的故事，他喜欢上了同年级的一个女生，女生就利用这份喜欢，让他成了小跟班，从写作业到买外卖，统统都让他去跑腿。生日的时候，女生还向他索取了一台 iPhone5C。当他看见女生收下礼物，以为这预示着自己“苦尽甘来”，殊不知，女生第二天就翻脸不认人，高高兴兴地和高富帅去钱柜唱歌。

以前在工作中认识一个男生，他说起自己大学时期暗恋一个女生，女生表面上说“我永远不会喜欢你”，却天天给他打电话诉苦，使唤他去买这个、买那个，还向他借钱买礼物给高富帅过生日。

当这种事情变得并非偶然的时候，我觉得自己很难去指责男生“既然你喜欢别人，就活该被利用啊”，有时候会觉得，年轻时候的喜欢是一件很美好的事情，很单纯，没有过多杂质。当你第一次喜欢上某个人，真的很难做到有技巧和理性思考，更多的是莽撞，是不计成本的投入。

直到今天，我还记得自己第一次对男生产生懵懂的感觉，你会恨不得去做很多事情，就为了能和对方多待一分钟，尽管我并不知道应该做什么，所以只会依靠本能去行动，中途确实也弄出很多尴尬又好笑的事情。

年轻的时候，每个人都是笨蛋，每个人都有一箩筐的黑历史。我们的情商、恋爱能力都是通过受伤、实践而习得。有时候仅仅利用这种单纯的心而占尽便宜，无论从哪个角度上看，都似乎有点儿不够厚道呢。

现在想想，我还挺感谢那个男生虽然并不喜欢我，却没有利用我的喜欢。现在回想起来，这仍然是一段很美好的记忆。

/ 做真正的女神 /

F 小姐曾经是我的校友，长得漂亮，身材高挑，嘴巴长得很像舒淇。她的家境不是很好，平时又热爱买东西，所以最终解决物欲的方法不是去兼职，而是游走于各种男生之间。其他学校的一个男生，非常非常喜欢她，辛苦地攒钱给她买这个、买那个，就差点儿卖肾了。

不过，即使这个男生的行为疯狂而真挚，却丝毫没有打动 F 小姐，与此同时，她依然和几个男生保持着不清不楚的关系。

这个男生的这份真心至少坚持了四年，最终，F 小姐仍然是爱搭不理，对他依然是招之即来、挥之即去的态度。终于，他受不了了，拿起削铅笔的小刀直接把她脸给划了。

这个案子震惊了所有人，包括那个男生所有的老师和同学。他平日看起来沉默安静，对每个人的态度都很好，谁也想不到，他会是一个有勇气拿起刀子的人。

我并不是为这个男生开脱，无论如何伤害他人都是错误的，但是，回头再想想，拿起刀子的那一瞬，他的胸腔里是否充满着愤怒、不甘和被羞辱的情绪？

我的朋友和我说："你别说乡村女神了，乡村男神其实也不少。"

是的，乡村男神也是广泛的存在。他们对于喜欢自己的女生，会物尽其用；明明不怎么喜欢对方，却又觉得"送上门的女生"不要白不要，既不承诺也不确认关系，却又暧昧不断。

占便宜这件事情，实际上就是不正当获利。

这个行为大概就像是你偷偷地顺走朋友的 iPhone 一样，整件事情都建立在他对你的信任之上。女生也好，男生也好，长得好看是上帝很大的恩赐，也是很大的优势；你可以利用这个高起点去做很多厉害的事情，而不是把珍珠变成鹅卵石，把钻石变成玻璃球。

在化妆品和微整形高速发展的时代，只要你舍得花钱，就可以变得很漂亮。但是真正的女神，必须是无论智慧还是长相，思考力还是性格，都站在凡人之上。她们经历重重困难，毫不犹豫地锤炼自身，然后凤凰涅槃，站在食物链的顶端。

所以说，女神和乡村女神，她们之间的区别，可不仅仅是两个字啊！

PART 3
喂喂喂，认命可不行啊！

青春期的企图心

/ 遇见 T 教授 /

我的青春期过得一点儿都不愉快。

现在想起来，这种不快乐没什么大不了的，只不过是中二病[1]发作，把悲伤无限地扩大。我厌倦学业，染上拖延症，无法集中注意力。专业老师警告我务必专心练琴，否则我将无法继续跟随她学习。

在最混乱的阶段，我遇见了刚从国外回来的 T 教授。

那时候，许多家长都希望把孩子送到这位名声鼎盛的演奏家的门下。班上有同学跟他上过课，她对 T 教授的描述是：“他身材高挑，头发梳得一丝不乱，总穿着剪裁精致的深色西服，一言不发地坐在三角琴旁边点评学生演奏。”

---

1 出自日文动漫的网络用语，用来形容青春期的少年过于自以为是的特别言行。

家人通过某种关系帮我约到了 T 教授的课程，他们希望我能跟随他这样的音乐家学习演奏。至今我还记得我们第一次见面。他穿着浅灰色的呢子西服，安静地坐在钢琴旁边，温柔地帮我翻着谱子；我却磕磕巴巴地演奏了一堆练习曲和《海顿奏鸣曲》。我以为 T 教授会劈头盖脸地骂我一顿，结果他只是友好地提出了改进意见，弹了一个片段作为示范，并且让我下一星期再来找他上课。

就这样，我顺利而莫名其妙地成了他的学生。

/ 找回你的企图心 /

星期五应该是我和 T 教授的第一节专业课。让我惊讶的是，星期三下午，他邀请我晚上一同去看莫扎特的歌剧。

我不太喜欢莫扎特的钢琴作品，却对他的歌剧情有独钟，更别提《魔笛》这种绝对让人不忍错过的曲目。演出十分精彩，歌剧演员的表演富有张力，观众的情绪也非常热烈。

演出结束后，我打算打车回家，而 T 教授问我是否介意一同散步。我犹豫了一会儿，觉得自己还是应该和新的专业老师处理好关系，只能硬着头皮披着薄薄的兔毛披肩，走在上海寒冷的街头。

“你喜欢今晚的演出吗？”当我们路过音乐厅的巨幅海报下，T 教授问我。

“喜欢。”我确实很喜欢今晚的演出，“这部歌剧写得太伟大了，无论怎么演都会很好看。”

“你有没有想过，到底是什么力量驱使艺术家写出伟大的作品？”

“天赋？技巧？嗯……不对，还有对艺术的感觉。”

“它们能让艺术家创造出不错的作品，”T教授停顿了一下，“但不是伟大的作品。”

“那到底是什么驱使了他们？”我好奇地接着话茬儿往下问。

“企图心。”

“企图心？那是什么？”

“好的艺术家有强烈的欲望，想成名的欲望，想被认可的欲望，想打败所有的人的欲望。他们比一般人更渴望成功，这种企图心能帮助艺术家战胜恐惧和不安，把最好的东西呈现给观众。清心寡欲的艺术家只能做出三流的作品。”

“不明白。”

“你一直弹得不够好。”

“我知道。”

“你技巧不差，音乐感觉也很好，但是你缺乏真正做好这件事情的欲望。”

“那我应该怎么办？”

“找回你的企图心。”

“我没有企图心。”

“不，你有，”他用一种百分之百肯定的语气断言，“不然我不会让你当我的学生。你害怕失败，所以你压抑了要弹奏出好东西的企图心。你知道只要不去尝试，就永远不会失败，代价是永远不会变好。”

“怎么找回所谓的‘企图心’？”

“思考，实践，再思考。”

“管用吗？”

“我没法具体告诉你到底什么是真正‘管用的’，你需要自己去摸索最适合自己的方法。我会引导你，但是我需要你也竭尽全力去找到自己。”

/ 不可能完成的任务 /

那天晚上关于“企图心”的话题，像是一把关键的钥匙，开启了一个我从未考虑过的世界。

T 教授是一个很好的老师。好的老师不是那群会说段子或者长得帅会卖萌的家伙；好的老师是一个指引者，他就站在那里，然后你渴望成为像他一样好的人。你会沮丧、挫败、流泪，而他永远是默默支持你、给你安全感的人。

我们的关系变得轻松和密切起来。在 T 教授的指引下，我开始思考，实践，努力地做得更好。他会分享自己的人生故事给我，还抽空带我去听音乐会、看画展，甚至帮我争取各种重要的机会。

“我要崩溃了。”我被告知一个星期以后将要在某个演出里弹一首《贝多芬奏鸣曲》；而我不仅从来没有弹过这首曲子，连听都没有听过。我在琴房里手忙脚乱地识谱，磕磕巴巴地弹了一遍。这是贝多芬晚期的作品，无论从技巧还是音乐上都并不简单。

“你不会崩溃的。”

“我怎么可能完成这个任务？”

“你会完成的。”

“识谱和背谱都是我的弱项，我要完蛋了。”

“你不会完蛋的。”

“我怎么可能？我上次弹贝多芬的作品还是在上个学期。我觉得我肯定……”

“不是你，而是我们。”T 教授从沙发上站起来，把写满笔记的乐谱放到琴架上，“我需要你拿出一些挑战难题的兴奋感，我会努力教你怎么解决技巧和音乐的问题。你要放下恐惧去尝试，保持演奏的欲望。可以吗？”

我从乐谱里抬起头，看见他正倚靠在钢琴边上，用专注、鼓励的眼神凝望着我。不知道为什么，在我读到隐藏在这双眼眸背后的坚定，焦虑和不安全感突然之间在我的心底消失了。我相信他，相信他能让一切好起来。

“可以。”

/ 一个人的舞台 /

“你弹得很好。”

我演奏完回到后台时，T 教授给了我一个大大的拥抱。

“谢谢老师，都是你教得好。”

T 教授确实教得好。他会嚷嚷着，“收起你那些小女生的多愁善感，贝多芬不是十四岁的小姑娘”“别把矫情的恶俗趣味放到你的奏鸣曲里”，他会吐槽演奏本身却尊重学生的努力和想法。

最重要的是，他让我开始理解舞台，也开始理解尝试的重要性。

我没有所谓的“演出前恐惧症”，至少，我总假装得很镇定。家长和老师把这种假装出来的镇定当作适应感和表演欲，忽视了我从来没有喜欢过站在舞台上的感觉。

舞台是一个会让人觉得孤立无援的地方，而聚光灯不仅能刺痛你的肌肤，还能无限放大不安全感和缺点。一旦站在舞台上，你看不清楚台下的观众，没有人能帮到你，无论你出什么错也只能一个人咬咬牙扛过去。

不过，这一次我突然之间开始理解、喜欢舞台。

T 教授让我产生一种强烈想要创造些什么的欲望。我害怕失败，所以我干脆做出一副“我不在意”的随心所欲的模样。他了解我，帮助我打破这层自我保护，也让我有机会重塑自我。

/ 总要为自己争取点儿什么 /

“世界是属于有企图心又勤奋的人。”

T 教授在我离开学校的时候，把这句话送给我。直到今天，这句话仍然让我觉得受益无穷。

有时候，我们会为了姿态好看，装出一副毫不在乎的样子。时间久了，大概就会真的不在乎了。下定决心为自己争取点儿什么东西，即使大汗淋漓、浑身血泪，也比坐在岸边什么都不做，心痒痒地看别人完成了一个又一个挑战好得多。

至今，我每次遇到挫败的时候，都会想起 T 教授对我的教诲。他像是一盏明亮的照明灯，照亮了我灰暗的青春期。我不在乎好不好看，也不那么恐惧失败，我只想竭尽全力地去创造。

至于姿态这件事情，等做出厉害又有意义的事情，也自然有好姿态了吧。

永远无法接近的美好梦境

姜小豆是我的表妹。尽管我一直在外求学，但大概是年龄相仿的缘故，和她的关系一直比较亲近。在我幼年的记忆中，姜小豆是一个神经大条的小朋友，一点儿都不像她妈妈；姜小豆的妈妈是一个美艳而苛刻的少妇，她对于女儿没有继承自己的美貌而深感遗憾。

每逢姜小豆的妈妈和别人谈起自己的女儿，总是毫不忌讳地说："我家小豆，真是一无长处啊……"那时候，我不懂"一无长处"这个词是什么意思，隐隐觉得其中可能含有某些贬义。逐渐地，我明白它意味着你没有可爱的个性或者俏皮的眼神；它意味着你没有较高的智商，需要比别人多走不少弯路；它意味着在很长一段时间里，你会被心高气傲的母亲用轻蔑、恨铁不成钢的眼神对待。

姜小豆一直在苛刻和被指责的环境中长大，最终，她变成了一个沉迷于言情小说的少女。她终日和我探讨到底在哪里才能遇到真爱和王子，尽管那时候她才上初中一年级。现在想起来，我应该果断地抑制姜小豆的幻想，否则就不会折腾出那场不可收拾的闹剧。

闹剧是在一个夏天开始的。

林殿里是我的朋友，也是我妈闺密的儿子。他在美国排名前 14 的学校读法学院，家境良好，180 厘米的身高再配上聪明的脑袋和好性格，所以，这个家伙从来都是长辈口中“别人家的孩子”、女生心中的“男神”。

不过，林殿里对恋爱倒不怎么上心，总是一心一意地读书。那个暑假，他由于签证不得不停留在 S 市，短期居住在我家。当时，姜小豆也频繁来我家借书、借唱片，所以，他们两人很快就认识了。

不知道怎么的，姜小豆喜欢上了林殿里，开始对他展开稚嫩而执着的追求。她写情书、做爱心蛋糕、卖萌，甚至假装受伤，但都没能打动林殿里的心。

按照林殿里的话说，他觉得姜小豆是一个可爱的女生，但是两个人之间真的没有话聊。他们之间的距离是显著的，一个是法学院的高才生，一个是普通的中专生；一个关注怎么通过律师执照考试，一个关注暑假有什么新上映的韩剧；一个最感兴趣的东西是读书，一个是看到书就会头疼的人。林殿里对于姜小豆的生活毫无兴趣，也不打算参与探讨，他像所有品行良好的男生一样，从来不和姜小豆有过多接触，在狂热的追求面前保持着克制与礼貌。

暑假很快过去了，姜小豆的追求仍然毫无进展，而林殿里却要回美国了。

我们都以为青春期产生的刺激感和新鲜劲儿总是来得快去得快。我认为，姜小豆在新学年多认识几个会打篮球的男生，很快就会把注意力转移到其他男生身上。

事实并非如此，姜小豆开始算着时差熬夜，等着林殿里上 QQ，即使他假装不在线，她仍然会写很长的留言；她开始关注林殿里的校内网，把他的好友都加了一遍。尽管他们相隔大半个地球，林殿里还是感觉到自己的生活被打扰了。

这种情况持续了将近半年，在他们相识的半年纪念日，姜小豆在人人网上写了一篇日志《等你给我遥不可知的幸福》，在里面写了自己对林殿里的思念，还有自己对单恋的付出。殊不知，这篇日志在短短时间内被转发了 300 多次。林殿里终于对这件事情生气了，他毫不犹豫地留了言，写得客气而尖锐："你喜欢的不是我，你喜欢的是我所代表的生活方式。你所感受到的一切都是幻想出来的，如果你要幻想，就幻想好了，不要再来打扰我，我还想过好自己现实的生活。"

这段话让姜小豆彻底崩溃。当天晚上，她在宿舍割腕自杀，幸亏被室友及时发现。

听到这件事情，我请了假，买了第二天最早航班的机票回家。当我抵达医院的时候，发现姜小豆的妈妈还有几个亲戚都坐在病房里，当我看见她醒过来坐在床上时，大大地松了一口气。

面对亲戚絮絮叨叨的询问，姜小豆的妈妈显得尴尬又不耐烦，当着姜小豆的面就是一顿刻薄的指责：“现在她翅膀硬了，知道要死要活了。也不看看自己长什么样，还敢高攀那种男孩子，人家不要她还不知道收敛，还割腕，吓唬谁啊？你以为那个男的会回来看你啊？

“幸亏 120 没有把她送到我上班的医院去，不然以后哪里有脸见人啊？

“我算是看透了，死就死了，我还省事儿了，反正活着也没什么意思。生她的时候我真不知道她那么费劲。”

我不喜欢姜小豆的妈妈。

那些毫无同理心的长辈喜欢高高在上地藐视他人，认为小孩子什么都不懂，却忘记了只要是人，无论年龄大小，都可能会产生深刻到足以毁灭一切的情感。若是和他们倾诉困扰，就会被指责：“你这些算什么烦恼？我当年如何如何……”大人不能理解小孩子吃不到糖的痛苦，才会在旁边夸夸其谈；但是站在小孩子的角度，这块糖是天大的世界，是很重要的事情。

姜小豆木然地坐在病床上，听着母亲对自己的奚落和批评，摆出一副“他们讨论的并不是我”的表情。一直到了 6 点，姜小豆的妈妈和亲戚们都陆陆续续出去吃饭了，我才有机会和姜小豆说上几句话。

我还没有来得及开口安慰，她突然抱着我痛哭了起来，眼泪汹涌成河地落在我的衬衫上。

那天晚上，我一直陪她聊到很晚，她和我说了很多心情和感情。尽管我无法认同她的做法，但是我理解她。姜小豆的人生是不愉快的。她的父母虽然供她吃喝，却从来没有正儿八经地体谅过她的心情，总是想骂就骂，想奚落就奚落。

无论什么年纪的人，被认同就是会快乐，被嘲笑就是会流眼泪。活在责骂之下，这种生活会有趣吗？林殿里像是她黯淡生活中的一道光，他那么美好、那么特别，他是她十几年来碰到过最美好的事情。她倾其所有，为的是能触碰到遥不可及的温暖；所以，当这个梦境破灭时，痛苦的不仅仅是情感上的失落，更像是命运向她宣示着“你不配得到好东西”。

所谓残酷，也不过如此。

一星期以后，姜小豆出院了。她的身体恢复得很快，不过变得更加沉默寡言。我说了很多安慰她的话，似乎也毫无作用。姜小豆的妈妈把她送到很远的寄宿学校上学，我们见面的机会变得越来越少。

今年春节，我和她去海边放烟火，她主动问我林殿里过得好不好。

我说："还不错，听说要毕业了。"

她说："那就好。"

我说："你不会还喜欢他吧？"

她没有说话，点燃了手中的烟花，然后静静地望着夜空。

突然之间，烟花划过深邃的深蓝色，绽放出惊人的美丽，照亮了大半个沙滩；不过几秒后，耀眼的光芒消失了，海边再次恢复了安宁，侧耳倾听，仅有海水拍打沙滩的声响。

过了不知道多久，她侧过头看着我，用指尖指指自己的胸口，说："我爱他，永远。"

成长是一种残酷的体验

/ 趁年轻，去旅行 /

大鹏先生是我的表哥。

我们之所以喜欢叫他“大鹏先生”，是由于他曾经交往过一个非常矫情的女朋友，她总是爱用这个奇怪的名字称呼他。尽管他们交往不到三个月就分手了，但这个绰号却留下来了。

在亲戚中，他的家庭环境属于最差的那一类。母亲曾经身患重病，为了治病几乎花光了家里所有的钱财。母亲去世后，他的父亲终日无所事事，靠着喝酒打牌混日子。

我们的年纪差距有点儿大，他比我大至少一轮。我妈妈是一个好客的女人，经常邀请他暑假和我们待在一起，出于回报我妈妈的好意，他会抽空帮我看看功课和数学题。听家里的长辈说，表哥自小读书成绩极其优异，尤其是数学，可惜他没有本地户口，家人也不愿意花钱，就不让他上高中，而是去了一个三流的技校念书。

有一年夏天，我的父亲打算在公司里给表哥找个实习职位，他却百般推辞，原因是打算这个学期要专心学习。父亲认同了这个说法，劝告他要认真学习，实习的事情自然就作罢了。

“你怎么可能学习？”我站在7-11店的可乐机前面，打了一杯冰凉可口的饮料，对他发出了质疑。按照世俗上的认知，身世坎坷的少年总是要吃得苦中苦，很早就会为生存而奋斗；但是，表哥却不是这样的人，他是一个——怎么说呢——彻头彻尾活在当下的享乐主义者。

“我有其他事情要做。”

“什么事情？”

“去旅行。”

“旅行？”我怀疑他银行里的存款是否超过四位数，“你打算去哪儿？”

“四川，西藏，丽江。”

“你不上学啦？上次你不是还说要多赚钱吗？”

“趁着年轻，我想多出去走走，学习和工作以后有的是机会吧。”表哥拍拍我的肩膀，抢过我手中的可乐猛灌下一大口，“等老了，就走不动了，一辈子就这么过去了，多没意思啊。”

我不置可否地点点头，大约是年纪小的缘故，也不太能分清楚是非对错。

我觉得不认真工作和学习是一件很令人不安的事情，另一个方面，我又觉得他说得有些道理。

不过这件事情很快就被抛到脑后去了，表哥兴致勃勃地买了单反相机，踏上了穷游的旅途，我也收到人生中的第一张明信片。我的家人对于穷游毫无兴趣，妈妈唯恐我步表哥的后尘，三番四次地教育我“穷家富路”的重要性。

/ 以后的事情谁知道 /

大概从那次旅行以后，表哥彻底迷上了各种玩乐。毕业后找了一份在工厂做技术维护的工作，每个月赚着几千块钱，几乎都花费在吃喝玩乐、旅行之类的事情上。

他仍然经常来我家做客吃饭，父亲对他的行为很不以为然，在老一辈人的眼里看来，要么就好好读书，要么就全身心发展事业，天天琢磨着玩乐算什么呢？老了以后怎么办？

“以后的事情谁知道？没准我明天就死了呢？做人最重要的是开心，当下活得爽最重要了。”表哥总是这样理直气壮地为自己辩解。

他活得轻松快活，那股小清新、爱拍照旅行的劲儿，招惹到不少姑娘的喜欢，每年换女朋友的数量，一只手根本就数不过来。我也大约在那时候明白，男人是否喜欢换女朋友和钱根本没有关系，而是和心态有关系。比如说一个男人要当花花公子，穷真的拦不住他，只要豁得出脸皮，学会满篇胡话就可以了；即使他在自己所处的阶层不受欢迎，但只要往下走一层，立刻就会有一群姑娘围在他的身边。

“你现在存钱吗？”我妈妈多管闲事地又开始为表哥操心起来。

“没有。”

“你快30岁了，一点儿存款都没有怎么能行啊？以后讨媳妇、结婚怎么办？”

“还早着呢。”

“哪里早了？”我妈妈是一个不到黄河不死心的人，她能不知疲倦地劝阻别人去做一件事情，“万一你以后老了，生病了，没有人照顾了，没有点儿钱防身怎么行？”

“我想趁着年轻多出去看看。”

“看也是看，看完以后怎么办？”

“走一步算一步咯。”表哥不愿意回答这个问题，就喜欢用这句话来敷衍。

当然，他并不能真正地回避掉这个问题。家人仍然会喋喋不休地担忧一番，似乎在所有亲戚里，只有我一个人觉得喜欢吃喝玩乐是没什么大不了的事情，觉得只要表哥高兴、不后悔就好了。

现在想来，这大约和我自小比较爱做规划、喜欢遵循计划的个性有莫大的关系，当遇到和我不一样的人的时候，就会觉得他们还挺酷、挺有意思的。

/ 爱得甜蜜蜜 /

后来，小清新真正地变成了流行文化，表哥还和几个朋友组了一支民谣乐队，经常在学校旁边的酒吧表演一些台湾歌手的民谣歌曲。

有一次，我去酒吧找他玩儿，听了几首觉得唱得还凑合，至少在业余水平里算不错的。当时，表哥正陷在一段不能自拔的恋爱中，他自豪地向我介绍："这个是我女朋友，小柔。等我30岁，她也毕业了，我们就去领证。"

小柔和表哥其他女朋友并不一样，她长相乖巧，很是懂事儿，打扮得中规中矩，没有奇怪的染发和鲜艳的指甲，背着一个米白色的帆布单肩包。表哥愉快地向我介绍小柔，我也知道她出身于本城一个知识分子家庭，正在某所知名医学院读研究生。

我们三个人一同去了酒吧附近的小餐馆吃饭，表哥喝着啤酒和我聊起了自己的计划，打算年底去尼泊尔旅行，最近又入手了新镜头，打算去哪儿看演唱会之类的。当然，也会照旧发发牢骚，比如说钱不够用，老板太浑蛋之类的牢骚。小柔就静静地坐在旁边，给他夹菜、剥壳，偶尔用温柔崇拜的眼神看着自己的恋人。

"等我们俩结婚，你记得回来参加婚礼。"酒足饭饱后，表哥送我上了出租车，仍然不忘叮嘱我。在当时看来，这对恋人的关系十足牢靠，马上就要过上幸福的生活了。我也深深地为他们之间的浓情蜜意所感染，社会阶级、学历、金钱等问题，在爱情面前像浮云一般消失了。

/ 30 岁的危机 /

“我觉得我遭遇了 30 岁危机。”

这句话从表哥口里说出来的时候，我真的生生地大吃一惊。

他消瘦的脸颊看起来苍老憔悴了很多，身材开始发福，显得略微有些臃肿；疲倦的眼神和厚重的眼袋，彻底把一个爱生活、爱自由的小清新男生变成了颓废的中年男人。

“我和小柔分手了。”

这是他紧接着说出来的第二句话。

“啊？怎么会这样？”

我和小柔互相交换了 QQ 号，至少在几个月前，我还看见她在空间里秀亲密合照。

“她爸妈不同意。”

“为什么啊？”

“觉得我穷呗。论学历，没有念过好学校；论工作，没有一份稳定的；论收入，每个月 5000 多，没房没车。”

“那小柔怎么想的？”

“她抗争了一段时间，”表哥浮起嘲讽的笑容，“然后就背着我跟别人相亲去了。”

“这确实有点儿过分。”

“后来我发现以后，我就问她啊，你怎么想的啊？能好就好好过日子，不能好就尽早说清楚。她就哭，话也不说。后来我就急了，我跟她说：‘你今天和我说清楚了，我是没钱，但你也不能背着我跟别人相亲是吧。’然后她就说，分手吧。我问她为什么？她说觉得现实太残酷，觉得和我结婚以后日子不好过，除非我现在买房买车。问题是，我他妈的上哪儿给她变出房子来啊？我们越说越急，她还说青春都被我耽误了，现在非得和我分手不可。”

“她早就知道你是什么样的人啊。”

“这几年，她上班以后真的变了不少，”表哥不耐烦地摇摇手，“别人有什么，她就跟着想要什么，非让我给她买好几百一瓶的香水，你说那玩意儿有什么用？天天和我说谁家老公赚多少，谁又升官了。我对那些事儿压根没兴趣，反正也天天吵。”

表哥絮絮叨叨地说起有一回他去参加小柔单位的聚会，其中不少女生也带来自家的男朋友。饭桌间，女人们聊鞋子、包包、购物；男人们自然就聊起房子、车子，攀比起谁认识的领导多，表哥在其中可是一句话都插不上。这次聚会后，小柔回家后特别生气，觉得很没有面子，两人就吵了起来。从那次聚会以后，小柔开始限制表哥玩儿乐队的事情，命令他必须把心思都投入到工作上。

我们抱着刚买好的椰子，坐在海边的凳子上。表哥帮我把椰子放到小推车里，突然冒出一句：“我觉得自己一无所有。”

“你有丰富的体验，看过许多别人没有看过的风景。”

“我也是这么认为的。”

“事实上就是如此。”我努力想安慰他，“你和别人不一样，不见得是件坏事。”

“小柔可不这么觉得。”

“放心啦，你一定会找到更好的。有什么好后悔的，真是的……”

“我是真的后悔。”表哥用双手粗暴地搓了搓脸，“我看别人吧，至少日子都过得挺稳定，有点儿小积蓄。年轻的时候觉得最重要的是开心，活得自由自在，现在觉得开心算个屁，年轻开心，老来痛苦。我现在没有一天是活得开心的，要钱没钱，要女朋友也没有女朋友了。我以前觉得钱财身外物，到了 30 岁，好像一夜之间，突然就意识到赚钱的重要性了。”

“可是，你以前体验到的开心是真实的啊。”

“是真实的，那有什么用？前几天我咳嗽，去医院看个病就花了好几百，我就琢磨，要 40 岁、50 岁了，有个什么毛病要动手术，我不就得病死街头了？我社保一直断断续续地缴，又没有存款，老来是不是得饿死了？”

“现在奋斗还来得及吧。”

“我试过，”表哥摇摇头，叹了口气，“来不及了。我也算琢磨明白了，这辈子差不多算是废了。现在再上学也来不及了，学本领人家也嫌我年纪大，现在大学生有的是，我们这些人都竞争不过他们。”

“那你下一步怎么办呢？”

“耗着呗。能活一天算一天，钱嘛，攒多少算多少。”

我侧过脸看着表哥，他正一脸茫然地凝望着深邃阴暗的海面，整个人滑入沉默中。

成长有时候是一种很残酷的体验，它像是一名无情的审判官，把曾经做过的蠢事直接扔在你面前，强迫你去面对它、承担它、修正它。如果你做过正确的事情，30岁那一年，它会送一篮子果子给你当作奖励；如果你做得不够好，抱歉，没有重来的机会，你就自求多福吧。

令我困惑的是，若是在23岁那一年，表哥没有选择去穷游，而是选择踏踏实实地工作，真的就会快乐吗？选择另外一条道路，他是否也会在30岁那一年，觉得自己错过了很多美好时光？有时候，真的没有办法说哪个选择是一定正确的，或许假装不后悔，硬着头皮走下去，也是一条出路吧。

“一切都会好起来的。”我拍拍他的肩膀，说了一句自己也不怎么确信的话，陪他一同凝望着这片深不见底的大海。

被父母毁掉的一生

/ 一 /

前几天刷网页，看到某知名媒体写了一篇关于 S 君的深度稿。

报道的内容很简单，大概是讨论曾经有机会站在国际舞台的钢琴家，为什么现在只能在地下室练琴。网友在下面评论：“如果 S 君不是天才，他的人生可能会更好吧。”

我想了很久，忍不住回了一句：“S 君如果没有这对奇葩的父母，才有可能过得更好。”

世界上有一种很可怕的逻辑，父母做什么都是“为了孩子好”，即使父母亲手毁掉了孩子的人生，仍然有人会歌颂“可怜父母心”。

总而言之，在那些人的眼里，父母做什么都是正当的，这种把孩子当成自己的物品、毫不反思的价值观，光是想想都令人觉得战栗啊。

而S君，就是这种可怕价值观的牺牲品。

/ 二 /

我和S君相遇是从一次合作开始。

当时，他约莫20岁，刚从德国辍学回来；我还是一个被基础乐理和专业课折磨的附中学生。

对于我们这一代琴童，S君曾经是我们的“榜样”。在很小的时候，我在老师家听过一次S君演奏的《拉赫玛尼诺夫第二钢琴协奏曲》，技巧冷静而华丽，变幻多端的音色具有直指人心的力量。老师指着唱片机说：“喏，听见没有？多美。”

那天下课后，我默默把S君的名字写在便笺纸上贴在琴谱上，作为每日练习的动力。

所以，当我得知能和S君演奏双钢琴协奏曲，心里不是不激动的。为了能在S君面前好好表现，我整整一周都在熬夜练琴，把谱子记得倒背如流。

有一天下午，我弹琴给负责排练的赵老师听，他对于我的演奏没什么意见，倒是不停和我念叨“S君不应该回国”“他爸爸这是毁了自己的儿子”。不明觉厉[1]的我，好奇地问赵老师：“S君为什么辍学回国啊？”

赵老师无不愤慨地说：“都怪他那个有迫害妄想症的爹。”

S君的父亲是一个很奇怪的男子。

他出身于贫困的家庭，成年后一直做着劳力性的工作。不过他更倾向于把自己定位成一个“关心国家大事”的人，业余时间喜欢给国家领导人写信，希望能从此飞黄腾达。遗憾的是，他从来没有收到过国家领导人的回信，也没有被重用。

在失望之余，他发现上帝打开了一扇窗，那扇窗就是自己的儿子。

S君在幼年的时候，展现出了与众不同的音乐天赋。那一刻起，他的父亲决定不再给国家领导人写信，而是把一切希望转移到儿子身上。

S君的才华没有让父亲失望，他凭借自己的能力从四川走到德国的顶级音乐学府，跟随欧洲最好的音乐家学习，并且获得了知名经纪人的合约。

---

1 网络用语，意为虽然不是很明白，但是感觉很厉害。

在德国 7 年的学习里，S 君都由母亲陪同，而他的父亲则留在国内生活。一次偶然的机会，S 君的父亲到德国探望妻儿。他不知道从哪里打听到其他钢琴家的演出费用，开始抱怨儿子赚得不够多，演出时没有国家领导人接见（欧美确实不太流行这一套），唱片合约金不够高。他对此极度不满意，还怀疑妻儿会离开自己。

后来，这个中年男人彻底抓狂了，他开始四处闹腾，在语言不通的情况下和 S 君的老师、经纪人爆发了剧烈的矛盾。

他对妻儿宣扬“S 君被外国人歧视了”“有人想杀害我们”“他们都嫉妒我儿子的才华，都在设计陷害他”，就连手表发生了故障也被 S 君的父亲解读成“死亡前的凶兆”。他通过阴谋论，把怪异、恐怖的气氛灌输给整个家庭。

S 君的父亲根本不懂得如何保护 S 君的天赋。

天赋这种东西，是脆弱到不堪一击的，它必须得到足够的指引才会升华，否则将会酿就堂吉诃德式的悲剧。太着急把天赋换成钱，和杀鸡取卵没什么区别。

最终，他做出一个改变儿子一生的错误决定——让 S 君辍学回国。

/ 三 /

我们的排练一点儿都不愉快，应该说，像场噩梦一样。

S君的父亲控制欲极强，他要求S君绝对地服从，否则就会暴跳如雷地训斥儿子。他明明不懂音乐，提出的意见也荒唐至极，却爱对儿子的演奏指指点点。

“弹得快一点儿，观众才爱听。”

“你们这样弹不对。”

“你得把你的技巧发挥出来，展现出来。”

“我为了你，一辈子都搭进去了！我告诉你，你就得规规矩矩听我的，按照我的法子来！”

…………

S君对父亲言听计从，无论生活，还是演奏。

他用极不合理的速度演奏莫扎特，炫技的企图心暴露无遗，令人深觉冒犯；最终，每个触键都变得黯淡无光，音色和乐感荡然无存，生生地扭曲了音乐的美感。

说个不恰当的比喻，辣鸡翅挺好吃的，但是绝世无敌的变态辣鸡翅，正常人吃一口绝对是要吐的。

/四/

说起来，我们真正的交流，还是在演出前的下午。

那天下午，S 君的父亲由于生病的缘故没有来。我们弹得很开心，S 君的精神也变得明朗起来，还和我说了很多话。

在聊天中，我发觉 S 君是一个真正醉心于音乐的人，他对女人啊赚钱啊喝酒吃饭啊什么的，并不是很感兴趣，也不太懂。当谈论世俗问题的时候，他统统不知道，迄今为止，他不可以独自散步，也没有钱包，理由很简单，父亲不允许。

他告诉我自己很想回德国，但是又做不了主；他觉得自己嘴巴很笨，不会说话；他想交个女朋友，不过父亲不同意，每次暗恋都无疾而终；他还说，想按照自己的方法演奏，但又害怕父亲不高兴。

“那就按照自己的方法来啊，其他地方做不了主就算了吧。如果仅仅为了讨好爸爸，就按照错误的方法演奏，音乐学院基本等于白念了吧。”我满不在乎地说，“你也 20 岁的人了吧？重要的事情还是要自己决定吧？”

S 君没有说话，他把脸埋在手里。

不知过了多久，他抬起头看着我：“我想按照自己的想法来弹。”

/ 五 /

演出当天，S 君真的按照自己的意愿去演奏。

在那一刻，他竖起了厚厚的盔甲，抵挡父亲的命令与入侵，专心致志地演奏自己喜欢的音乐，创造出美好而动人的旋律。

当我们回到后台，每个人的情绪都很高，其中一个工作人员高兴地冲过来拥抱他。唯独S君的父亲脸色铁青地站在那里，他看起来怒气冲冲，冷冷地冲着S君叫了一声：“你过来。”

S君有些不知所措，只能木然地走到了父亲面前。

“啪”的一下，S君的父亲扬起手，一巴掌甩在S君的脸上：“哪个狗娘养的教你这样弹琴？”

后台瞬间都安静了，欢乐的气氛消失得无影无踪。

刺亮的灯光照射在年轻的钢琴家的脸颊上，红色的掌印显得触目惊心。

我看见他的隐忍、恼怒、无助，然后是耻辱与退缩。

S君像是要哭了，泪珠在他的眼眶里放肆地打转。我看不得他受这样的屈辱，更看不得他父亲那副自以为是的模样，所以，我干脆地打断了沉默：“我觉得这样弹很好。”

“你他妈的给我闭嘴，你谁啊？”S君的父亲把愤怒的目光投到我身上，“是不是你让我儿子这么弹的？我就知道是你，当初我们就应该换个伴奏！你别故意把他往歪路带，我饶不了你！”

“神经病。”我才不害怕他，不屑地吐槽一句。

“你说什么？！你有种再给我说一句？”

“我说你神经病。你明明不懂音乐，瞎指挥什么劲儿啊？”

“你说谁不懂，你说谁不懂？你再说一次，你说谁不懂！”

“我说你不懂。”我也提高了声调，口不择言地继续嚷嚷起来，“你别口口声声说是为了S君，你为的是你自己。你根本没有把S君当人来看，你才是把他往歪路上引的人！”

“你他妈的再给我说一次，看我不揍死你。”S君的父亲情绪更加冲动了，直接冲过来推了一下我的肩膀，歇斯底里地嘶吼，“你今天给我在这里说清楚了！像你这种人我看多了，你嫉妒他是天才。你们都一样！就是想整我们这一家子！”

舞美大哥在旁边看不下去，一把用力拉住了S君的爸爸，好心地劝导：“有话好好说，别动手，都是孩子呢。”

“我动手怎么了？！我今天弄死你们。”他疯狂地嘶吼，“我儿子的事儿我说了算，他弹什么、怎么弹、怎么演，都得我说了算！我辛辛苦苦为了他付出了大半辈子，不就为了他成才吗？你们谁也别想在这里搞破坏！”

“你才是搞破坏，”我没有办法对一个这样的中年老男人妥协，继续挑战他愤怒的底线，“你正在毁掉他的职业生涯。”

“你们放开我！我今天非得给她点儿教训不可！！”

舞美大哥和几个工作人员紧紧地抱住他的腰，不让他再靠近我们一步。S君的父亲像是一头疯狂的怪兽，手舞足蹈地挣扎着，无奈被大伙困住。他气急败坏地脱下手上的手表，直接朝我扔来。

S君眼疾手快地拉了我一把，手表直直地打在了我身后的镜子上，“砰”的一下，镜子裂开了几道破碎的裂痕。

“你够了！”我又急又气，恨不得冲上去和他打一架。我不能什么都不做，看着他自以为是的正确，自以为是地对S君指指点点。

“算了。”S君拉住了我的手腕，打断了我将要脱口而出的斥责。

我不解地看着他，觉得心里有些发寒：“我是在帮你说话。”

S君躲闪着我的眼神，最终，他重复了一次：“还是，算了吧。”

最后，我真的算了。

我恨恨地瞪了他们父子一眼，抱起谱子和衣服就冲出了音乐厅。

在音乐厅斜对面的麦当劳，我掏出仅有的零钱买了一杯热可可，坐在角落里哭得一塌糊涂。

我感觉糟透了，委屈，恼火，生气，还觉得自己太多管闲事了。

/ 六 /

我再也没有见过 S 君。

有几次圣诞节，他从父亲的“囚禁”中逃出来，跑到一个小报亭给我打电话。

我从不愿意问他过得好不好，他也不谈家里的事情，我们就会默默地聊十多分钟音乐，最近新出的唱片，他最近在弹的曲目……每次通话快要结束的时候，他总会说：“和你聊聊天，心里好受多了。”

而我每次都会和他说：“喂，不要弹那么快，要弹得好听才行。”

每次挂掉电话，我都期待 S 君能从他那可怕的父亲那里逃出来。

有一位前辈提到 S 君，也是一声叹息：“他技术非常好，对音乐却又缺乏内在的深度体验。他的家人又疯狂地希望他出名，为他冠上‘旷世奇才’的假象，让 S 君无法真正坦然走进音乐，还将指出 S 君弹琴弱点的国内外好心人统统斥之为对他‘封杀’，给他造成很坏的心理影响。”

S君从来没有跑出来，也没有像前辈期待的那样去面对音乐。

微博上，S君一条微博写着："今天《野蜂飞舞》最新纪录45。"他的演奏方法变得越来越冰冷，除了又响又快以外，音乐的内涵不见踪影。

我不愿意相信这是S君的主意，他是那么热爱音乐，对名利金钱毫不关心；而他的父亲拒绝让他和外界接触，拒绝让他独立，拒绝让他接受其他钢琴大师的指导，导致他正走向一条不可预知的歪路。

他正在被毁掉，甚至可以说已经被毁掉了。

S君的父亲要求S君在曲目单里加入大量的通俗音乐，当面对其他人或媒体的关注时，他的家人仍然让他以悲剧的、令人同情的、被迫害的角色出现。这些种种错误的决策直接导致他不再出现于任何一个国际音乐节，不再拥有国际知名交响乐团的合作邀约。

我不知道S君会不会难受，那个站在4楼琴房对我说"我要成为钢琴大师"的男生，大概一去不复返了吧。

S君曾拥有触手可及的美好未来，而他的父亲却亲手毁灭了一切，最终以梦醒作为结局。

/ 七 /

“我们应该把那些神童的父母一次性全部枪杀掉。”

这是鲁杰罗·里奇说过的一句话。他是20世纪最伟大的小提琴家，但在少年时代，曾饱受父亲不择手段地利用和剥削。我并不认同这句话，但是我却能理解它所象征的愤怒。

如果你曾见识过真正的天赋和才能，将会被造物者的力量所震撼。独特的天赋像是一块无价的瑰宝，带有蛊惑人心的色彩。

S君的父母深知，恰当地利用这块瑰宝，有可能会彻底改变自己潦倒的生活与社会地位。他们的个性中充满了贪婪与懦弱，无知与狭隘。他们在太早的时候对自己的孩子过度索取，导致这块独一无二的瑰宝化为不值一提的沙子，一点儿一点儿地从指缝中流走。最终，单纯而善良的S君，不仅被毁掉了才华，还不得不站在风口浪尖，背负一切骂名。

我不能够原谅以爱的名义做错误的事情还自以为高尚的人。

拿着“爱”当借口，就可以理所当然地占据道德制高点了吗？就可以控制别人、伤害别人，让别人来完成你的梦想吗？

想拥有美好的人生，想满足虚荣心，想要赚钱，就自己去好了，凭什么让别人去帮你实现梦想。做错事情，就是要承认、要道歉、要承担后果，对孩子做错事情也一样。

糟糕的人不会因为生了孩子而变好，他们只会从糟糕的恋人变成糟糕的父母，从控制恋人变成控制孩子的变态父母，小浑蛋老了就是老浑蛋啊。

既然不能坦然地面对孩子拥有自己的人生的事实，就别生了啊，买只金毛就好了。

我们的改变和不变

/ 从前的拉面店 /

前段时间，我回家过假期，偶然间发现以前学校附近的一家拉面店还开着。在我的记忆中，它的汤头永远醇香浓厚，面条筋道弹牙，更别提上面放着肥瘦相间的叉烧肉，每吃一口都会觉得幸福感从胃直接奔向心脏，浑身都被一股说不清道不明的热流所包裹。当我发现它还在营业的时候，兴奋地给姗姗打电话，叫她赶紧出来尝尝。

姗姗是我幼儿园时代的好朋友。那时候，她会跳舞、唱歌；我却是一个彻头彻尾的天然呆。老师教我们分辨是什么“Non-Living Thing”[1]，我毫不犹豫地把豆子归到其中。姗姗总会在我犯错误的时候，好心地提醒我，还会在我满脸鼻涕的时候，递给我一张纸巾。

大概是我们的友情发展得太早的缘故，我们尽管没有念同样的小学和中学，却依然一直保持着很好的关系。

---

1 非生物。

在大约 17 岁的年纪，姗姗交往了一个男朋友，像所有初恋男女一样，他们飞快地坠入爱河，发誓一定要厮守终身，然后又为一丁点儿事情吵得翻天覆地，恨不得要以死明志。

我们三个人曾经一同到这家拉面店吃饭，他们第一次尝试之后，都立刻惊呼“简直太好吃了”。渐渐地，这家店成了我们聚会常来的地方。我们在这里为奇怪的问题争执，分享好笑的糗事，吐槽学校里的八卦……这家拉面店像是一本日记，记录了我们大部分的青春时光。

/ 姗姗的初恋 /

我和姗姗约了中午去拉面店吃饭。这里的环境依然没有什么太大的变化，大大的日文招牌挂在门口，推开门以后是整洁干净的吧台，几个穿着黑色制服的服务员引导我们到座位上，就连食物的价格也没有怎么涨。

“这次只有我们两个人。”姗姗翻看着菜单，淡淡地说了一句。

姗姗和初恋男朋友从青春期开始一直纠缠不断，他们分手大约有两年了，但是她却从来没有忘记过他。

他是一个个性有趣的英俊男生，他总能找到这座城市里最好玩的事情，最有意思的地方。同时，他也像大部分英俊爱玩儿的少年一样，有着令人难以接受的毛病，比如情绪不稳定，自负，对知识有莫名的蔑视，不爱规划，等等。我总觉得长得好看的人给别人带来了太多的愉悦，就没有必要在个性上对他们苛求太多。

姗姗对我这个观点很不以为然，给我贴上“外貌协会”的标签，然后奋不顾身地改造男朋友。事实证明，改造男朋友不比训练猫猫狗狗，这个过程中除了挣扎、吵架、闹分手、撒谎外别无其他。爱情或许是一种伟大的力量，但是在人类的行为习惯与认知面前，简直脆弱得不堪一击。爱意与缠绵，在这种拧巴的过程中消失得几乎无影无踪，他经历了痛苦，然后直接崩溃，最后斩钉截铁地出轨，提出分手，再也不愿意回头了。

“是啊。”我照旧点了一份味噌拉面和啤酒，“你后来还见过他吗？”

“没有，不过我悄悄关注他的微博了。”

“你不会还惦记着他吧？”我脑海中浮现出她以前分享给我的校内私密日记，全是写下对他的想念与不舍。

有时候人真的是很奇怪的生物，你冒着失去他的风险拼命改造对方，而他要是真的走了，又会觉得肝肠寸断。我们会想劝说自己“不要太贪心”，但是不去追逐一下渴望的状态，又会因为遗憾而不开心。

“我不知道啊。”

“为什么啊？”

“就是，”姗姗叫来了服务员，点了一份酱油拉面和一些小吃，继续回到我的问题上，“他好像和以前不太一样。”

“还好吧，感觉他还是老样子，经常去喝喝酒、看看演唱会。”

“说不上来，就是觉得他整个人不太对劲，也不知道是胖了还是怎么了，有时候看他发的照片，会有一种好陌生的感觉。”

“我倒没有觉得他变太多。”

“或许吧，谁说得清楚呢。”姗姗不经意地耸耸肩，“反正，我现在对他是一种挺复杂的感情。”

/ 不再是过去的味道 /

拉面店的上菜速度很快，两碗热腾腾的拉面被端了上来，烤青花鱼、拌豆腐、炸物满满摆了一桌。浓厚的面汤散发出暖洋洋的香气，我心满意足地拿起筷子。“我要开吃了。”

姗姗也拿起筷子，她总是先用筷子把面条搅拌一通，把鸡蛋吃了，之后再吃面喝汤；而我却恰恰相反，更喜欢先喝汤再吃面条。在我的饮食习惯中，汤占据着很重要的地位，无论是伤心了，失恋了，还是发生什么好的事情，我想的总是“今晚要喝碗好汤庆祝一下”。

哎，为什么感觉不太对劲？无论是面条，还是汤，感觉的味道都不太对劲，至少和我记忆中的味道相差甚远。也并不是说不好吃，而是真的不太一样了。

“感觉好奇怪。”姗姗有点儿困惑地看着面条，“我觉得还是挺好吃的，但是感觉味道很不一样。”

“我也是这样觉得。”

“这种感觉好微妙。”

“嗯？”我尝了一口烤青花鱼，很好吃，不过仍然不是早年的味道。

“服务员，”姗姗招手叫来了服务员，“我想问一下，你们家是换厨师，或者换配方了吗？”

“是菜不合您的口味吗？”服务员小心翼翼地询问。

“我没有那个意思，菜真的很好吃，但是感觉不太一样。这家面店我们上学的时候经常来，所以想问问。”

“您稍等一下，我帮您去问问老板。”

“那就太好了，谢谢。”

过了几分钟，一个穿着料理师制服的胖乎乎的男人出现在我们面前，客气地对我们鞠躬：“两位，是对我们的菜品有疑问吗？”

“倒不是对菜品有疑问，”姗姗微微皱起眉头，“当然，我觉得菜真的很好吃。但是现在这种好吃和以前那种好吃不太一样，所以想问问是不是换厨师或者换配方之类的。”

“您是什么时候光顾的？”

“大概……”姗姗有些费劲地想着时间，“大概是六七年前吧。”

“那您真是我们店的老顾客啊。不过，这些年来，我们做面的方式和供应材料都没有变。”

“是吗？换厨师什么的呢？”

“我们这家小店，也请不起什么大厨师。厨房里大部分的事都是我在做，还有几个小工在旁边打打下手。”

“除了我们以外，还有其他人觉得味道变了吗？”姗姗不放弃地继续追问了一句。

“好像还真没有呢，”憨厚的大叔昂起头仔细地想想，“我们这里的回头客都是因为我们的味道比较稳定，才经常过来的。”

“好吧，谢谢您。”

“不客气，有什么问题随时可以叫我。”

老板离开我们的座位后，我们两个人低头默默吃完了餐桌上的食物，还有赠送的甜品。姗姗拿起湿纸巾擦了擦嘴巴，半认真半开玩笑地说：“所以，只有我们两个矫情鬼吃起来感觉变味儿了吗？”

“是的。”我点点头。

味道确实还不错，以前的风味更清淡一些，现在变得更浓稠了；叉烧肉的质感没有以前那么软，层次变得更加分明了。

“好讨厌。”

“你又讨厌什么了？”

“总觉得好多事情都变得不一样了。”姗姗有些烦躁地叹了一口气，“他也是，拉面店也是。”

“也没有什么不好的，至少现在也蛮好吃的。”

“但是，就不是那个真正的味道了啊。”

“是有点儿太执着于过去了吗？”我觉得这个话题很有意思，继续顺着她的想法探讨下去，“有时候你真的很难说是你变了，还是对方变了。”

“我觉得是他变了，”姗姗又重新把话题引回前男友身上，“他以前没有那么 low[1]，现在特别爱写爱转一些心灵鸡汤。”

“这不是很符合他的个性吗？平时他也不怎么爱看书，转转鸡汤文挺正常的吧。”

“真的假的？”

“你是他女朋友，难道没有看出来吗？”我有些诧异地说，“他妈妈那么溺爱他，家里也不要求他好好读书。这个就是真实的他啊，根本没有改变嘛。”

“我还爱他。”

“醒醒好不好？”

“我觉得他很聪明机灵，总觉得这样蛮浪费才华的。”

“聪明、才华这种东西满大街都是，就连洗剪吹的小哥里聪明的也不少。他会变，但不会按照你的意愿转变；就像你对他的现在不满，觉得有点 low 一样，也未必就是他变成另外一个人，也有可能是你看待他的角度不一样了。”

姗姗有一种很严重的救世主情结，在幼儿园的时候她无数次拯救我于窘迫和不安，长大以后又开始拯救男朋友，想把一个无忧无虑的贪玩儿的小帅哥变成藤校[2]的预备生。我一直替很多潜力股感到伤心，他们可能比别人聪明一点儿，智商高一点儿，但是对于事业和努力进取没什么热情。偏偏在这个时候碰见一个赏识他们才华的女朋友或家人，非要把他们变成热爱工作的男青年。

1 意为低级，不高明。
2 简称，指美国常春藤联盟的八所学校。

“有时候你不知道什么事情变了，”我们之间有一段很长的沉默，姗姗突然开口说，“就好像我们来吃的这家拉面店，我觉得味道变了很多，老板却说一切照旧。我不知道是我记忆错了，还是厨师改变烹饪方法了；我也搞不明白到底是我不一样了，还是他变了；可能这一切都没有办法再追究，我们只能忍受着变化的发生。”

“那你会放下他吗？”

“我会继续试试看。”

那天下午，我们离开拉面店的时候，竟然下起了淅淅沥沥的小雨。姗姗让我等在屋檐下，自告奋勇地跑去对面买雨伞。看着她踩着水花的身影，我想到小时候我们一同出去春游下雨了，她也会让我躲在挡雨的地方，跑过马路打电话回家，叫家人来接我们。

有可能很多东西都变了，但是隐藏在我们心中最深处的某个部分，却从来都没有变过。

她要的那么少

/ 我所认识的江佳佳 /

“你要去参加江佳佳的葬礼吗？”小裴在电话那头问我。她是江佳佳生前的好友，负责这次告别仪式的筹备。

“我不知道，这个不好说，”我有些犹豫，“她只是我们家的前租户，感觉好像关系没有那么近。”

“你来吧。她爸妈都不来，多一点儿朋友来，她会开心一点儿。”

“嗯……她爸妈不过来？”

“是啊。”小裴的语气听起来有些丧气，“我给她家打了电话，她爸妈说不愿意参加。”

“好过分。”

“所以，我想多叫一些朋友过来。她以前一直说你们家很照顾她，所以，你过来她肯定会很开心的。她这辈子……”小裴停顿了一下，“过得太不容易了，不是吗？我就想把最后一件事情做好，让她安安心心地走。”

“那好吧，如果你不介意的话，我也不介意去参加葬礼。”

“谢谢你，稍后我把时间和地址发给你。”

“好的。”

我认识江佳佳的时候，她正和男朋友杨益租着我家郊区的一套小房子。那段时间，我总去帮妈妈收租，一来二去地，我和她就熟络起来了。有时候，我还会从房租里抽出 50 块钱，请她去楼下喝杯俗气的速溶咖啡，再配个菠萝包。

江佳佳没有固定的工作，平时去附近的咖啡馆打打零工，一个月的薪水紧巴巴地够过日子了。大约是喜欢抽烟的缘故，她的皮肤显得有些粗糙，凌乱蓬松的黑发用棕色发带绑起来，总爱穿着一套天鹅绒运动服。江佳佳喜欢化很浓的妆容，大烟熏妆，红唇，刷得精细分明的睫毛，以此来掩盖前一晚的宿醉。不过，她恍惚的眼神和身上难以消除的酒精味，却不是化妆品能掩盖的。

“我爸妈离婚以后，就把我当皮球踢来踢去，就怕我多吃了他们一口饭。我上中学的时候，班上有一个男孩家里是开烧烤店的，我们俩谈了一段时间恋爱，他总从店里偷二锅头出来给我喝。我第一次喝酒的时候，觉得这味道太神奇了，好喝不说，还能解闷。”

无论谁劝江佳佳少喝一点儿，她总是想法设法向我们介绍酒精的美妙。她的喝酒频次和大部分国人不一样，并非在节日、吃大餐的时候小酌一番，她早上起来要喝酒，中午吃饭也能独自喝掉大半瓶二锅头。

“酒是个好东西，高兴的时候来一点儿，就更加高兴了；不高兴的时候喝一点儿，就能高兴起来了。”

“你喝的可不是一点儿啊。”我对江佳佳翻了一个白眼，“你是喝太多了。”

“我最近不是烦心事儿太多了吗，就剩这么个爱好了，你就别劝我了。”江佳佳叫来了服务员，“再来三瓶哈啤。”

那天下午，我目瞪口呆地看着她喝了一瓶又一瓶啤酒。她喝完酒以后不发疯，倒是变成了一个爽朗的话痨，絮絮叨叨地和我说着自己过去的事情。比如说，从十多岁开始，她只能靠从这里要一百，那里要几十，凑合凑合过日子；比如说，她真的很爱现在的男朋友杨益，她拿出仅有的积蓄，还从朋友那里借了十万给他做生意；比如说，她觉得他们一定会结婚，一辈子都在一起；比如说，杨益真的对她很好，在他们兜里只剩下十块钱的时候，他毫不犹豫拿出来给她买奥利奥。

当她喝够的时候，已经是晚上 6 点 45 分了。我们离开了餐厅，出来的时候外面正下着毛毛细雨。我撑起透明的雨伞，打算送她回家。

大约是晚饭时间到了，小商小贩都撑着大大的雨伞出来卖吃的，本来就狭窄的小道上，现在更是摆满了卖咖喱鱼丸、萝卜牛筋的小车子。食物的味道弥漫在空气里，唤起每一个行人的味蕾和食欲。卖肠粉的大妈捞起热腾腾的肠粉，熟练地在油纸上切成一小段一小段，再撒上酱油、甜酱、芝麻和花生碎，只需要花 6 块钱就能吃到撑。

“等我一下。”江佳佳把外套塞到我的手里，“我给杨益买个芒果卷，他特喜欢吃那个。”

“那你快一点儿。”

大家乐面包店是小镇里的招牌面包店。每天下午放学时间，总能看到小朋友攥着零花钱来这里买两枚刚出炉的蛋挞。芒果卷自然也是镇店之宝，里面大块的芒果肉和蓬松的蛋糕卷融为一体，咬下第一口，芒果香气混合着奶油，某种不可言语的幸福感立刻从口腔直接流向胸腔。

我站在面包店门口，看见江佳佳绽放着满足的微笑，挑选着冷藏柜里的蛋糕卷。她认真地询问店家是不是现烤的，得到肯定的答案后，才心满意足地付了钱。

“买好了？”

“嗯。”

“下雨天，还喝酒了，就别绕那么远过来买蛋糕了。”

“他喜欢吃嘛，”江佳佳弯起嘴角，笑眯眯地说，“难得他喜欢。”

/ 那年冬天的争吵 /

不知道什么缘故，我一直对杨益有些好奇。我好奇江佳佳口中那个喜欢吃芒果蛋糕卷，才华横溢，脾气有时候温柔、有时候冲动的男子究竟是一个什么样的人。只要我们聊到男朋友、感情之类的事情，江佳佳的眼神里就会绽放出一种亮闪闪的光芒，滔滔不绝地说起他们交往的细节，即使明显是杨益做得不对的事情，在她眼里看来，错误也变成一种个性。

我和杨益的见面是在初冬。

那天忘记是什么缘故去了他们家一趟。我站在他们的门外按了许久门铃，却没有反应。正当我打算改日再来的时候，江佳佳把房门打开了。她的眼眶红红的，像是哭了很久，脸颊上还遗留着明显的泪痕，低声嘟囔了一句："你随便找个地方坐一下吧。"

随后，她就匆匆忙忙地跑回房间，剩下我一个人站在客厅里。

"你再给我拿三万出来，我和你说，这个项目马上就要成了，"我听见房间里，一个男子激烈地提高了声调，"我们马上就要发财了。"

"你每次都这么说，现在都已经赔进去二十多万了，里面还有十几万都是我找朋友借的。"江佳佳努力压低声调，不过房间的隔音太差了，坐在客厅里的我仍然听得一清二楚。

"做生意就是有赔有赚的，有些意外谁也说不清楚啊，我又不是成心赔钱的。"

"你怎么不是成心的？我看你就是成心的。你别以为我不知道你和外面女人的那些事情！"

"你别听人乱说，我是这样的人吗？你听我说，现在机会就在眼前，抓住就抓住了，以后我们一辈子都不愁了。"

“我没钱。”江佳佳提高了声调，“你去找其他女人要钱去。”

“宝贝儿，我这不到了关键时刻，你必须得帮帮我。”

…………

房间里是一片混乱的争吵声，两个人的态度变得越来越激烈，还能听到硬物摔在地上的巨大响声，哭泣声、嘶吼声，还有玻璃杯的破碎声交织在一起。随后，听到房门被砰的一声打开，杨益怒气冲冲地拎着一个运动包冲进客厅，随后又想起什么似的，不甘心地对着房间门吼了一句：“他妈的你以后会后悔的。”

杨益满脸怒气的凶相，看起来确实有点儿吓人。他的个子不高，约莫 170 厘米；脸颊消瘦，颧骨高高地竖起，摆出一副恨不得要杀了人的表情；身材像是精瘦的猴子，露出来的手臂上看不见一点儿肉，皮肤下面包裹着棱角分明的骨头。他用凌厉的眼神剐了我一眼，摔门而去。

/ 我知道我是傻瓜 /

江佳佳还是找人借了三万块钱给杨益，10% 的利息，远远高于银行。我估计他们的关系并没有变得多好，她酗酒的情况越来越严重。街坊邻居都投诉到管理处，说总能听见吵架吵得很凶。10 楼的陈阿姨很八卦，每次碰见我的时候，总要绘声绘色地说他们肯定发生了什么可怕的家暴事件。

“你还好吧？”

我选择一个空闲的时间，跑到他们家去看望江佳佳。其实，她不说答案我心里也清楚。家里到处一团糟，像是经历了一场大战。地上散落着已经摔碎的笔记本电脑，还扔满了瓶瓶罐罐，沙发上的抱枕也被揪出来芯子里的羽毛。战争刚刚结束，战场尚未清理。

“凑合吧，就这么回事儿。”江佳佳坐在客厅的餐桌前，倒了一杯酒，“这不是我们吵架砸的东西，是借钱的人来闹事儿折腾的。”

“你可得小心点儿，不然我妈年底肯定不愿意再把房子租给你们。”

“放心，我会注意的。”

“真不明白，他做生意不赚钱，还跟一群小姑娘搞得不清不楚，”我陪她坐在餐厅的桌子前，忍不住说道，“我真的搞不明白你为什么还要继续为他付出。你们要再这样下去，肯定会闹出大事儿的。”

“爱一个人肯定就盼着他好是吧，我还是比较相信他能把事情做起来的。”

“做起来以后也没你什么事儿了啊，他就和其他小姑娘跑了啊。”

“他其实对我挺好的。”

“你不是疯了吧？！”

江佳佳没有搭理我，继续往酒杯里倒了一杯酒。

我不知道江佳佳到底喝了多少酒。她浑身都浮肿得厉害，由于没有化妆的缘故，脸上过敏引起的泛红看得一清二楚，头发乱七八糟地披了下来，看起来至少有一星期没有洗头。身上的酒味儿浓烈得让人快喘不过气来。今天上楼的时候，陈阿姨悄悄地和我说江佳佳前几天酒精中毒送到医院急诊去了，我当时以为她不过是夸大其词，现在看来，这恰恰解释了她目前糟糕的情况。

“他真的很努力对我好，有一些事情他也做不到的。他就是那种容易气急、有点儿自我为中心的个性，”江佳佳抿了一口酒，继续说，“我告诉过你，我们是怎么认识的吗？是在音乐节上。我坐在草坪上休息，他过来对我说：‘小姐，你笑起来很好看。’从来没有人夸过我好看。我爸妈一直在骂我长得难看，以后肯定是个赔钱货。第一次有人夸我长得漂亮，当时我整颗心都要融化了。

“你觉得我现在过得很惨吗？是因为你的生活太幸福了，一点点苦都受不了。但是对我来说，现在的日子已经很幸福很幸福了。你知道我是怎么长大的吗？我爸妈还没有离婚的时候，他们感情不好，两个人都把怒气发泄到我身上，好像我就是他们不幸的源泉。他们离婚以后，每次和他们要个几十块生活费，还得被骂得狗血淋头。反正，我前面的人生，除了挨揍就是挨骂，没有任何人喜欢我。杨益对我很好，他的爱对我来说，已经足够了。没错，他也会骂我，会跟我要钱，也有可能去找其他女人，但是，他是真的让我觉得温暖的人。

“我常常想，只要给他这些东西，他就会给我很多爱。你们肯定觉得我没出息，但是，他真的给了我真正所需要的东西。”

江佳佳话痨般地说了一大堆话，然后自顾自地继续喝酒，吃着桌子上不知道放了多久的卤花生。

我被她这一番话唬得目瞪口呆，突然之间觉得有时候……真的……仅仅指责事情的表面是不太对的。当然，我仍然不会觉得找到一个这样的男朋友是一件很好的事情，但是，这并非是她所能左右的。她所经历的一切，所积累的经验，注定她会遇上杨益，会为一丁点儿的好倾其所有。她太过于渴望温暖，为了那点儿如同幻觉般的温暖，而舍弃了理性、自尊心和正常的生活。我不认为她打心眼儿里觉得这是好的，但是，她认为这是值得的。

“我没有想到是这样。”我低声地说了一句。

“没关系。反正，我也知道我是傻瓜。”

/ 小裴认识的江佳佳 /

那天以后，我就尽量避免再见到江佳佳。我说不清楚那是一种什么样的感觉，大概是想蒙骗自己“她的生活一定会好起来”，或者仅仅是觉得控制不住自己要管闲事的心。

有时候，我会觉得她其实非常清楚自己的生活现状和后果，但仍然义无反顾地选择这样的道路，承担一切的后果。

关于她的消息总是断断续续地传来，不过大部分都是听来家里做客的陈阿姨说的。我还记得，有一天早上，陈阿姨慌慌张张地跑到我们家里来，嚷嚷着“要出大事儿啦”。我们都被吓了一跳，仔细询问之下才知道，好像是江佳佳和杨益昨晚近乎吵了一夜，街坊邻居怕出事儿，把警察给叫过来了。这才发现她用剪刀把杨益捅出一道大口子，流了满地的血。警察赶紧把他送医院去了，还做了笔录。

“这房子真不能租给他们啊。”陈阿姨痛心疾首地说，“让我们连个日子都没法过啊。你们说，我们这儿买的也算得上是这片不错的房子了，摊上那么个邻居，谁不担惊受怕啊？不知道哪天闹出人命。”

妈妈被陈阿姨的一番话弄得担惊受怕，琢磨着年底就应该换一个租户。陈阿姨还想抓着我的手聊几句，无非就是不要和江佳佳走得太近，正经人家的姑娘可千万不能被带坏了之类的。我礼貌地寒暄了几句，就回房间里了。我觉得他们就像是一对相爱相杀的冤家，吵完以后第二天就能相拥去吃菠萝包。他们会吵架，会伤害彼此，会背叛彼此，但不会真的杀了彼此。杨益是太自私胆小，不舍得为一个女人买一张通往监狱的车票；江佳佳，她喝太多了，没有力气杀人。

但是，我们都忽略了。闹出人命并不代表要去杀人，有时候，人可以把自己折腾死。

大概这件事情过了不到两个月，我就收到了一条短信：“江佳佳现在正在人民医院抢救，酒精中毒引起肝硬化和腹积水，医生说情况不容乐观，想见她最后一面的朋友请尽快过来。”

我给发短信的号码打电话，接电话的是一个女生，她急匆匆地说了一句“我是她的朋友小裴”，介绍了一通不容乐观的情况，大约是昨晚送到医院的，一直在抢救；今天早晨又下了一次病危通知书，医生建议家人准备后面的事情。

从我家打车到人民医院是半个小时左右的距离，下班高峰的缘故，路上堵得水泄不通。师傅大约看出我着急的模样，悠闲地说了一句：“过了这个路口就好了，估计还有 20 分钟就能到。”结果，司机大大失误。差不多一个半小时后，我们走了不到 200 米的距离。

“她已经走了，你还来吗？”正当我们刚刚开过遭难般的十字路口，小裴给我发来了短信。

“我马上就到了，刚才在路上堵车了。”

当你的朋友去世了，可能你和她甚至谈不上是真正的朋友，你们甚至从来没有彻夜谈心，打电话打到手机发烫。但是，这个并不意味着你就真的能若无其事，假装什么都没有发生。穿过医院长长的走廊，我看见小裴一直站在门口等我，她沉默地领着我到病房前，掀开了盖在上面的白布。

仍然是江佳佳。

她面无表情、毫无生气地躺在那里。我觉得整个胸腔里蔓延着某种说不清楚的酸涩和悲哀。这种负面情绪像是一种生物的本能反应——当同伴的死亡出现在面前，你难免不于此产生共鸣。我们在病房里待了十几分钟，然后小裴办理了一些相关手续，她领我到旁边的COSTA[1]，给我买了一杯美式咖啡。

“你看起来吓坏了。”

“嗯。”我吸着冰咖啡，点点头，“真的有点儿。”

“不过谢谢你，今天只有你一个人过来。”

“杨益呢？他没有过来？”

“他？”小裴冷笑了一声，“你不知道他最近闹的事情？”

“不知道。”

“前段时间，杨益说要和小佳结婚，还去工商局把公司法人改成了小佳的名字。我们都以为苦日子熬到头了，这个男人终于回心转意了。结果发现，他是欠了一屁股的债，怕承担责任，才把名字换成小佳的。那段时间，债主都来找杨益，现在换成找小佳了，还要闹上法庭，这种事情谁受得了？杨益倒好，他就耍赖耍横，还找了一个小女朋友玩儿人间蒸发。”

“他人品也太渣了吧！”这种极品男朋友的案例，我以为只有在豆瓣小组或者晚间八点档才能看得到。当它真实地发生在身边的时候，突然有一种“生活绝对高于艺术”的震撼感。

“后来，小佳就到处找他啊。他也不露脸，每天就发短信骂她，话说得要多难听就有多难听。她本来就爱喝，那段时间喝得比以前还多，压力又多，我这边也没有能力帮她什么。昨晚，我请她去吃饭，结果就出事儿了，我只能把她送医院去了。”

1　咖世家，连锁咖啡店品牌。

“发生得好快。”

“是啊，”小裴点点头，飞快地用纸巾擦了一下眼角，“我还记得我们小时候，她爸妈一不高兴就揍她。她读书成绩也不是很好，经常被老师罚站，但是她手特别灵巧，会叠小纸鹤、小船……我们那时候是同桌，有一次生日，她还给我叠了一大罐的星星。”

小裴和江佳佳是不太一样的人。小裴是背着剑桥包、穿着蓝色衬衫、身上喷着 ANNA SUI 香水，会对服务员说“谢谢”的女生，没错，像所有正常女生一样。

“有一次，她说要借钱给杨益。我说：‘这种男人要来做什么？分手算了吧。’她说：‘不行，我怕没有人爱我。’当时我的眼泪就下来了。我不知道她是真的爱这个男人，还是太害怕孤单才把自己搭进去的。如果她小时候过得好一点儿，少一点儿家暴，遇到好一点儿的亲戚，长大以后就不会这样了吧。”

她和我说起了江佳佳的过去，比如她从来不参加毕业旅行、春游之类的活动；她在夏天都会穿着七分袖的衣服，因为她的背上和手臂上经常有挨揍后的伤痕；大学的时候，每个月的生活费真的太少了，以致根本生活不下去，她不得不去 KTV 里兼职卖啤酒，有时还会遇到奇怪的客人。在别人看来不过是最基本的生存保障，她却需要和亲生父母苦苦哀求才能得到。他们怨恨她，不仅因为她是失败婚姻的产物，更是在时时刻刻提醒着他们过去的不愉快经历。

我们有时候会以为自己能摆脱过去的影响，毫不犹豫地站起来向命运抗争。实际上，人是无法不受过去影响的，至少，绝大部分的人，都不过是环境和过去的产物。

/ 再见了，江佳佳 /

葬礼是在一个星期日举行的。

小裴不知道从哪里托了关系，找到了一个小教堂。来的人很少，至多 20 个。她的父母，还有杨益，都没有过来。大部分来的人要么是她儿时为数不多的朋友，要么是咖啡店兼职时的同事。我怀疑其中不少人仅仅是出于社交礼仪而出席，以及顺便蹭一点儿冷餐会上的蛋糕和饮料。剩下的人要么聚在一起聊天，要么就是低头玩儿手机，轮到发表告别词的时候，也不过是随口说两句“希望她一路走好”，漠然得像是去餐厅点菜，而并非是和一个朋友告别。

小裴认真地举行告别仪式，她准备的告别词至少有 20 分钟的长度：“尽管很多时候，生活没有厚待过她，但是这没有阻碍她成为一个善良的人。无论你是谁，只要给她一点儿好意，她就会竭尽全力地回报你；你只要给她一点儿希望和爱，她就会待你如亲姐妹。她从来没有怨恨过任何人，无论对象是谁，她都在努力地给予。”

投影仪的荧幕上放着江佳佳和小裴儿时的合照，江佳佳穿着尺寸过大的呢绒外套，一只手抱着一只少了耳朵的小熊，另外一只手牵着小裴，露出了几乎可以忽略不计的笑容。我突然之间想到她小时候的生活，大概是艰辛、尴尬、贫穷，伴随着强烈的不安全感。我仿佛看见了那个抱着小破玩具熊的女孩，挨骂以后哭哭啼啼地躲在房间的一角，心中萌发出对爱的向往。这种渴望与幻想，是强大无比的支柱，支撑着她度过不怎么美好的时光。

曾经，一位前辈和我说过："想要杀死一个人，不需要用刀子，只要摧毁他的心灵支柱就可以了。"这位前辈一直以来的目标是成为乐团的首席，不知道什么原因，他在乐团里拉了差不多 20 年的琴，却从来没有实现这个目标。后来，我只知道他患了抑郁症，从此消失在大家的视野里。如果他今天在葬礼上，应该会拉一曲巴赫的《无伴奏》吧。

对你好，不见得是真的好

去年夏天，我收到一个女生给我的豆邮。我翻了翻她的相册，大概是20岁的模样，长得白皙清秀。尽管如此，豆邮里的每一句话、每一行字，都让我在炎炎的夏日里打了一个哆嗦。

小玛：

你好，一直关注你的豆瓣，却想不到自己也有一天会给你写信。我今年25岁，去年在网上认识了现在的男朋友。他比我大一岁，和我一样都是本地人，不过他家的条件不太好，他是普通的公司职员，月收入比我少一点儿，3000元左右。

我开头有点儿犹豫，不过他真的对我很好，每天坐一个小时公交过来接我下班，把我送回家再回去。给我买东西也很大方，上次我手机丢了，他还刷信用卡给我买了iPhone。

我爸妈原本不喜欢他，嫌弃他条件差，后来也还是同意了。双方父母商定年底先领证，明年再办婚礼。但是，我心里现在有点儿拿不准，不知道能不能和他结婚。主要原因是，我觉得他太情绪化了。发生了一些事情我也不知道该和谁说。

他朋友送了他一条小泰迪，他也说自己很喜欢小狗，所以就一直养着了。不过我发现，他每次心情不好都会把泰迪的脑袋按到水里，有好几次差点儿把泰迪呛死了。我为这事和他吵过无数次架。他说觉得生活很压抑，不发泄下真的难受。这件事情让我觉得有点儿害怕，但又不知道怎么劝说他。

他妈妈也知道他做的事情，但是他的家人好像对这件事不太有意见，都说他只是贪玩儿。我也不知道是不是自己太敏感、太矫情了。

上个星期，我不小心翻到他以前锁起来的QQ空间，发现他曾经打过前女友。我就想到我们每次吵架，他脾气爆发起来真的很吓人，经常摔东西和用脑袋撞墙。好几次我们要分手都是他妈妈过来劝架，说她儿子心挺好，就是脾气有点儿着急。

小玛，你说我能和他结婚吗？他不发脾气的时候真的对我特别好，但我想到他怎么对待泰迪就有点儿害怕，又觉得错过了他怕没有更好的了。好纠结，求回复。

看到这封豆邮，我很想立刻回复说“快分手”，又觉得好草率，干脆开了一个word文档想多写几句，写了又删，删了又写，最后也没有写出几个字。

在我徘徊大半天之后，最后还是坐在电脑前，给这个女生写了一封回信：

Dear：

谢谢你的信任，告诉我这个故事。

铺垫的话我就先不多说，干脆直截了当地进入正题吧。我认为，你不应该和他结婚。

虐待宠物是一件极端错误、非常恐怖的事情。虐待的欲望是一种扭曲的心理状态，它是具有强大伤害力的。即使在动物实验里，也有严格的规定，不能对动物施加虐待。我不清楚这种行为是否和他的家庭环境有关，感觉他的家人比较溺爱他，尚未意识到这些行为的严重性，再加上他有对女性实施暴力的前科，说明他是一个不值得信任的对象。你永远不知道一个有暴力倾向、有虐待欲望的人是否满足于仅仅虐待小狗，是否在某一天会将这一切实施到人的身上。

我们看待一个伴侣是否可靠，是否值得和他共度一生，不仅仅要看他心情好的时候怎么对待你，更加要看他心情差、沮丧的时候怎么对待你。心情好的时候对你好，你是沾了好情绪的光；心情差的时候仍然保持克制，礼貌地对待你，才说明这个男人有自制力，他懂得不去伤害他人、尊重他人。

希望你做出适合自己的正确选择。有任何问题都请随时给我豆邮。

Emma 艾小玛

这封豆邮发出去以后，这个女生一直没有给我任何的回信。我也不好意思主动问人家“你和你男朋友分手了吗”，直到今年的 3 月份，我再次收到这个女生的豆邮。

其中的内容并不怎么令人愉快，大概是她最后还是和男朋友结婚了。婚后，丈夫不再像以前那样对自己嘘寒问暖，而自己稍微有点儿不同的想法，就会立刻遭到一顿训斥。两个人的争吵次数变得越来越频繁，每次都以家庭暴力作为结尾。最后一次，她的家人发现这件事情，要求女儿必须离婚，并且收集了证据，正在向法庭提交材料。

“小玛。我一直觉得他对别人怎么样我都可以不计较，只要对我好就行了。现在我想明白了，对其他人都不好，怎么可能单单对我好呢？”

这是女生写给我的话。

比起很多遭遇家暴的人，她还算是相对幸运的，至少有爱她的家人站在身后支持着。

前段时间，和一个做 NGO[1] 的朋友聊天。她说，很多女性在婚前已经看出了这个男人的暴力倾向，却逃避这个现实，不断地说服自己这个男人以后会好起来，或者过几年就会变好，结果情况只是变得更加糟糕了。

我想，她们之所以做这样的选择，大概只是认为“那种倒霉的事情才不会发生在我的身上”，心怀希望与侥幸的心情，才会和那个看起来不怎么正确的男人踏入婚姻吧。就像言情小说里一样，歇斯底里、腹黑的男主角，唯独对女主角特别好，他在外是邪恶的恶魔，但在爱人面前却化身为最柔情蜜意的情人。然而那真的只是小说而已，在现实生活中，完全不可能有这种男人。

1 Non-Governmental Organization 的缩写，非政府组织。

他对别人情绪不稳定，迟早也会对妻儿乱发脾气；他喜欢占小便宜、算计他人，迟早也会把小算盘带入到家庭里；无论怎么说，人的大部分行为都是有统一模式的，他可能因为某种原因压抑了自己的行为和天性，却不可能一辈子这样下去。

每次在新闻里看到家暴之类的新闻，都会觉得自己整个人都不好了。抱着要去恋爱、要得到幸福的心情，却遇上了这样残酷的事情，受害者的人生必然会受到重创吧。

避免自己受到伤害的方法，我觉得最管用的一种是，老老实实看清楚自己眼前的状况，放下侥幸心理，该做什么就去做什么。

会出错的事总会出错，这句话，还真是需要谨记在心啊。

抱怨，没有那么糟糕

/ 一 /

“榴梿小分队”是我们热爱吃榴梿的朋友所组成的小团体。小分队组建的初衷就是为了向大众普及榴梿是一种多么美味的食物，以及业余时间寻觅北京好吃的榴梿制品，比如说榴梿慕斯、榴梿蛋糕、榴梿派之类的。

周末的午后，我们会约着去新开的甜品店吃点儿好吃的，聊聊最近的生活情况。Jerry 是小分队里的男生，他之所以要求我们管他叫 Jerry，是因为他刚养了一只凶悍的宠物鼠，他认为把自己的名字改成 Jerry 会有利于培养和宠物鼠之间的感情。[1]

年初跳槽后，他很久没有参加我们的活动，直到上周周末，大家约好去吃日本料理，他才冒出来参加活动。

1　美国著名动画片《猫和老鼠》中，老鼠的名字是 Jerry。

“你最近怎么样？”我觉得 Jerry 看起来有些神色萎靡，满脸写着“我透支过度”的表情。

“我要疯了，被我老板给折磨疯了。”

“怎么了？不是一个月给你 3 万还让你管项目吗？”小尹凑过来参与我们的话题。

“工作是还行，就是我老板这个人吧。唉！”Jerry 叹了一口气，“太他妈的正能量。”

然后，Jerry 向我们吐槽起这段时间可怕的工作经历。他的上司是一个将近 40 岁的男人，据说在业界有着还不错的口碑，做事情也比较靠谱，就是有一个爱好——提倡正能量。

所谓提倡正能量，就是禁止员工抱怨，禁止员工表达负面情绪。平时的团队活动，他就拉着大家参加正能量、灵修班之类的活动，还特别爱给大家买《不抱怨的世界》《生活就是要正能量》之类的书；每星期还会让 HR 给大家发收集来的“正能量”文章，主要的内容都是“我有一个朋友，如何如何惨，如何如何不抱怨，如何如何变成高富帅”。老板每星期开会，都会强调“你们为什么要抱怨呢？在工作中不能抱怨，下班也不能抱怨”。曾经有一个同事在茶水间吐槽男朋友不够体贴，被老板无意中听到，就把这个女生开除了。

“赶紧辞职吧，你这日子过得生不如死啊。”

“我这不昨天刚提离职，今天就和你们出来吃饭缓缓嘛。”Jerry 往嘴巴里塞了一大块牛肉，“我觉得我老板就是个大傻 ×。”

“其实你们老板挺聪明的。”坐在角落的林美美冷不丁插了一句话。

“为什么？”

“老板想让你们加班干活，又不想给加班费、改善工作环境，当然就只能提正能量啊。先说正能量好了，说白了就是画大饼，告诉你现在加班都是为了自己，让你们沉浸在自我奋斗的陶醉里，公司就可以理所当然地不给加班费了。提倡不抱怨，就更加鸡贼了，让你们都别抱怨活多工资低，省得闹事儿。”林美美啧啧两声，“不抱怨，就是不许你们说出不满，只要大家不说出不满，公司就可以理所当然地继续下去。你老板肯定觉得堵住大家的嘴，问题就解决了。”

Jerry 掏出手机，打算把林美美的发言发到微信朋友圈里。

/ 二 /

林美美说自己曾经是“不抱怨党”的一员。

她是一个很勇于表达自己想法的女生，她会吐槽某件事情的不公，她会写邮件和客户说“请 5 点以后不要给我们下工作单”，她会对大 boss 说“你做这种事情是不合适的”。所以，当我们知道她曾经拥有过一段岁月静好的日子，都纷纷表示震惊。

“怎么了？谁没有年轻犯二过？我家里还摆着十几本心灵鸡汤呢，都是教女人碰到男人出轨，要用温柔和不抱怨把男人拉回来；还有《职场修炼术》里也写了，碰到加班之类的事情要积极，而不是抱怨工作量太多。”林美美看大家都一副目瞪口呆的模样，不以为然地解释。

“那你实践过吗？”

“当然！”

“效果好吗？”

“呵呵。”林美美冷笑一声，和我们说起三年前发生的故事。

根据她的说法，那算得上是她人生中最悲惨的时刻。先是交往的男朋友频繁出轨，屡发誓屡不改；在公司里被同事侵占劳动成果，眼睁睁地看着对方升职加薪；生活里遇到的奇葩一个接一个，没有任何一件事情是顺利的。最终林美美选择了当时最流行的做法——正能量，不抱怨，我们都是积极向上的好青年。她读励志小说，学习调整心态，就差每天早上起来学保险业务员跳舞唱歌了。

结果是显著的，就是生活更糟糕了，遇到的奇葩更多了，男朋友仍然和外面的妹子暧昧不清。

“后来呢？”

“后来，”林美美一边专心地挖着盒子里的榴梿蛋糕，一边说，“我再也不搞什么正能量了，我开始吐槽这群笨蛋，他们就变得老老实实的。”

“你的意思是，他们欺软怕硬？”

“不是，和欺软怕硬没有关系。”她摇摇头，“抱怨是一种负面情绪，同时也是一种沟通。当我放弃那副岁月静好的鬼模样，把自己心里的情绪、想法说出来的时候，对方才会明白我的底线在哪里。我并不是说要大家变得祥林嫂一样絮叨，翻来覆去地说苦情史。只是，没必要把抱怨当成特别恐怖的事情来对待。”

“你觉得这个改变对你生活有什么帮助吗？”我插嘴说了一句。

“当然有啦！我现在才不愿意自己憋着难受，还摆出岁月静好的死样子，对自己没好处，别人也觉得你挺莫名其妙的。我现在有话好好沟通，也不搞什么不抱怨、正能量，有话都放到台面上说清楚，事业和爱情都变得很顺利。”

“所以，你觉得不抱怨是一种很鬼扯的事情吧？”

“是挺鬼扯的。他们都说马云、李彦宏这种人生赢家都特别正能量，我就说，公众人物的负面情绪会让你这个路人甲看见？自己都没有活明白，就光学会摆高冷的样子，除了难受真的没有别的用途。抱怨并不代表不快乐，也不代表不行动，它就和吃薯片是一样的，适当食用有益心情，别过度就成。我觉得，抱怨的意义在于正视自己的情绪，我们都没有必要为自己的情绪而感到羞耻。话说回来，其实 loser 和抱怨，真的没有因果关系好吗？”

/ 三 /

“我真的不明白，为什么有一群笨蛋会相信正能量那种鬼话。”Jerry 在聚会结束后，感慨了这么一句。

“他们需要正能量来纠正不协调的认识吧。”我说。

当所有人都坐在餐桌旁边，假装快乐地聊天，却无视屋子里的大象将要把他们吞噬。如果有人跳出来吐槽“大象真的烦死人了，我们快把它赶走吧”，这样做是打破了彼此之间的约定俗成——有一些事实我们都知道，但是我们清楚自己不该知道。

屋子里的每个人，都正在经历行为和认知发生的冲突感。为了解决这种冲突感，人们会想办法采取行动，来减少自己的认知失调。比如说，一个经常加班却从未得到合理报酬的员工，会需要“正能量”来说服自己所做的事情具有特别的意义，老板不是一个坏人，他只是给予自己重要的机会。一个遭遇未婚夫出轨的女生，也会用天下的男人都一样的论调来协调自我认知。

所以，在这样的前提下，抱怨并没有那么坏，它是一个预警，提醒我们某件事情可能不太合理，需要我们拿出来讨论。沟通不是贵妇的下午茶，假惺惺地吹嘘和赞美毫无用途，我们必须向对方同时展现负面和正面，才能真正地理解彼此。有时候，我会觉得，禁止别人说出自己情绪的人，才是最糟糕的家伙，你可以选择不听，但是不许别人表达自我，那是一种相当蛮横的行为呢。

我现在觉得，如果真的把对方当成朋友，不妨在对方抱怨的时候请他喝一杯咖啡，再怎么说也比高冷地吐槽一句“世界不是用来抱怨的”显得有人性多了吧。

PART 4
总有一些伤和痛，让我们瞬间长大

出轨者之语

在我的价值观里，出轨是一件很令人不齿的事情。它毫不犹豫地打破了契约，选择一个不怎么利己也不怎么利人的决策，无论从哪个角度上说，都对不起人类进化多年的理性思维。

但是我的朋友认为，我应该去和自己不喜欢的群体聊聊，深入了解他们的想法。她说：“我们可以批判事情的本身，但只有我们了解事情背后的动机、缘由，才能知道应该如何避免这一切的发生，才能告诉别人怎样避免这种事情发生在自己身上。”

/ 第一位出轨者 /

“我本来就不想结婚，她非一哭二闹，不结婚就不行，还找了我妈出来当说客。结就结了吧，但日子过得真不痛快啊。”这是小凌说起自己出轨的理由，坦荡得没事儿人一样。

每次我回想起这次谈话，都会觉得他身上有种令人害怕的坦诚。他不怎么在乎，当然也不太懂社会规则与道德。或许这个评价是不够恰当的，但是他就像生活在原始丛林中的人类，只有“要”和“不要”两种选项，而不需要考虑“是否合适”和“他人的感受”。

我以前听过小凌和他太太的故事。他的太太是一个长相普通的女人，大家提起她更多的评价是“勤劳”“肯干”“愿意为家里付出”。小凌不是什么有钱的人，每个月在北京赚着5000块的工资，日子过得紧巴巴的。他太太不知道怎么想的，当初不顾所有人的反对非要嫁给他。

结婚没有办什么婚礼，也没有去马尔代夫之类的地方度蜜月。不过说起婚后，她倒是尽心尽力地维持着这个家，包揽了家里大大小小的事情。当我提起他太太的付出的时候，小凌突然变得出奇地愤怒起来：“谁让她嫁给我了？这是她乐意。”

不过当我们讨论起他的情人，小凌脸上露出愉快的神情，津津乐道地说了起来，还告诉我，上个月他攒了一点儿钱，买了两张演唱会的门票，准备和情人一起去看。我问他：“你会跟老婆离婚和她在一起吗？”

小凌一脸茫然地看着我，反问了一句：“我为什么要离婚？”

“那就打算这么过下去吗？”

“这样过下去没什么不好啊。”

“可是，你太太知道了怎么办？”

“她本来就知道啊，”小凌看着我的眼神，好像我提出了一个大惊小怪的问题，“这有什么关系？她又不敢怎样。”

“这样不好吧？”

“没什么不好。男人的本性就是这样，要么别结婚，要么就忍着。”

/ 第二位出轨者 /

J 先生和小凌是不一样的。

他是我在豆瓣上认识的一个朋友。他主动给我写了豆邮，讨论了自己出轨的困境。我尝试着约他见面，没有想到他很爽快地答应了，见面的地点就是 Page One[1] 旁边的甜品店。

从性格和气质上说，他是一个略微有些羞涩的男子，说话的声音很温和，说话喜欢选择委婉的措辞。一开始，我们先聊了一些乱七八糟的事情，气氛变得熟络后，他才谨慎地谈起自己的婚姻和婚外恋。

他的太太曾经是他的女神，从中学开始苦苦追求直到工作。像所有仰慕女神的男生一样，他见证了女神的喜怒哀乐，失恋与哭泣，快乐与青春。命运之神似乎听见了他诚恳的哀求，女神在一次痛彻心扉的失恋后，最终和他交往、结婚，过上了再平凡不过的日子。

“是一种圆梦的感觉吗？”我迟疑地问了他一句。

1　即叶一堂，著名连锁书店品牌。

“开头是，后来不是。”

“后来怎么了？”

“她不爱我。”J先生自我嘲讽地笑笑，“她加密的网盘上存着他们旅行的合影，她每星期写一篇日志怀念他。在她需要一场婚姻的时候遇见了我，所以我们结婚了。”

“这种感觉一定不好。”

“是不好。我爱了她十二年，她连一天都不愿意回报给我。”

“感情这件事情真是勉强不来啊。”

“那她就不应该和我结婚，”J先生微微地提高了语调，“她不能这么对我。假装爱我，却不爱我。”

“所以，你是什么开始……”我不想尴尬地把“出轨”两个字说出来，尽管是抱着聊别人隐私的目的而见面，却还是会觉得不好意思。

“去年。”

“她是一个什么样的人？”

“她没什么特别的，就是踏踏实实地对我好。”

“那你爱她吗？”

“我不知道，但是我需要她。我需要别人对我的好，来平衡我对这段婚姻的付出。”

再到后来，我无意中在微博上看到J先生发旅行的照片，并且@出自己的太太。抱着好奇心，我点进去看了一下她的照片，确实是一个有气质的美人，无论从身材还是脸庞，都无可挑剔。对比起J先生，她显得太过于……太过于光彩照人。

我突然想起一个荒诞的故事，大概是一个男人自少年时期，就在宇宙中追寻自己曾经见过的一颗星星。当他找到那颗星星的时候，已经满头白发了。他想在这颗星球上定居下来，却发现星球表面不具备任何能让生物生存下去的条件，除了瑰丽的光芒，它一无所有，最终这个男人在这颗美丽的星球上，结束了自己的生命。

/ 第三位出轨者 /

“我想要开放式婚姻”这句话从李大伟的嘴里吐了出来，他长得很英俊清秀，喜欢把自己定位成“一个不婚主义的浪子”。

李大伟是北京土著，从小到大没有离开过，在这里读书、工作、恋爱、结婚。他对自己的婚姻很不满意，原因很简单，妻子并不是自己喜欢的人。

“家里人逼婚逼得紧，我要是不去相亲，我妈和我奶奶就抹眼泪说我是不孝子。”

在巨大的家庭压力下，李大伟开始了疲倦的相亲生涯，也是在这个过程中认识了 Y 小姐。父母都很喜欢 Y 小姐，觉得她朴素、节俭、工作稳定，是世俗意义上的好妻子。他反抗过这段婚姻，直到父亲说“你再不结婚就不是我儿子”，才不得不对这次婚姻就范。

开始的时候，他以为 Y 小姐并不喜欢自己，大家都是受父母所命。婚后，妻子很认真地经营自己的婚姻，他却在领完结婚证第二个星期，恢复了单身的生活，喝酒、侃大山，和女生聊微信，一样都不落下。

发现了自己婚姻的真相，Y 小姐开始歇斯底里地闹腾，给他施加各方面的压力。回忆起那段日子，李大伟看起来还心有余悸："她可真厉害，躲也躲不住，就拼命给你打电话，来单位找你，还真让人受不了。"

"那后来怎么样了？"

"这事儿，你说能怎么样？她闹她的，我玩儿我的呗。现在她也没劲儿闹了，回家就不和我说话。"

"那你怎么想的？"

"我烦她，就烦她。我知道不是她的错，可我就烦她。我老觉得吧，我就这么结婚了，这辈子也算是完了。"

"那你需要'开放式的婚姻'，也是在给自己找补吗？"

"你这个说法说到点子上了，"李大伟突然表现出赞同，"我总觉得这么活着不带劲儿，你们非要让我结婚，成，我结。那你们不能指望我就一直老老实实听你们指挥。你说是吧？婚，我结；想管我，门儿都没有。反正怕离婚的是他们，不是我。"

那天下午，我们聊了很多。他对自己的一切都直言不讳，并且和我讨论如何才能在家里推行开放式婚姻。午餐结束后，我们从三层走下来。我问他是否需要我捎他一程；他摇摇头，说一会儿要和刚刚在陌陌上认识的女生见面。

我不知道他的开放式婚姻是否能实现，至少，他正在实践它。很难说婚姻会不会比单身好，但至少，一段充满他人的意见、赶鸭子上架的婚姻和单身相比，还真的是单身更好一些啊。

/ 最后的话 /

前段时间和朋友聊天，她认为很多婚姻在早期就有“对方一定会出轨”的征兆，比如说他本来就对这段婚姻不投入，双方感情不够好，彼此的价值观有巨大的差异，但是让人预料不到的是，他们无视眼前的障碍，毫不犹豫地结婚，而且还并不是因为爱，而是因为某些乱七八糟的社会价值观、家庭成员的压迫和要求。

从个人价值观的角度，我对于出轨的行为不抱任何的同情，直至我写完这篇文章的时候仍然持有这种观点。但是，他们的故事、他们的伴侣是让人同情和惋惜的。

我不知道怎么解决这个问题，我也不认为每天穿性感内衣之类的建议会有用。很多时候，你的另一半出轨并不是由于你不好，而是由于这段关系本身就是一个错误。

神能创造世界，但却无法改写孽缘。各位在恋爱和结婚的时候，多长点儿心吧。

人妻私奔记

/ 我的同事雅文 /

我一直不能相信一件事情，我竟然在有生之年莫名其妙地撮合了一对私奔的情侣，就像是在无意中推倒了一块多米诺骨牌，然后，彻底改变了三个人的人生。

某次下午茶中，我和毛小蕊谈起这件事情，她说："这件事情不是你的错。谁会想到家庭生活平稳的人妻会和相识一星期的男人私奔。况且，她看起来实在不像是那种人。"

没错。雅文确实不像是会私奔的人。

尽管我和她没有到闺密的程度，但作为每天上班都坐在她旁边、经常一块儿去吃午饭的人，我认为自己对她还是有一些了解的。

她过着再平常不过的生活，25 岁，被家里催婚，最后通过相亲和一个老实男人结了婚；拥有一份还说得过去的工作，在燕郊供着一套小房子；下班就回家，星期五晚上从来不和同事出去喝酒、看电影。

我和雅文是一个组的同事，她负责数据整理的工作。这份工作在我看来有点儿无聊，但她总是来得很早，日复一日地制作表格。总监 Nancy 很少会关注她，其他同事对她礼貌而客气，大多数人更愿意和会讲冷笑话的文案厮混在一起。对比组里其他精力旺盛爱自 high[1] 的家伙，雅文未免显得太安静，甚至有点儿格格不入。

不过大概正是这个原因，我还挺喜欢和雅文待在一起。大部分时间我也不需要闹哄哄的氛围和笑话，这会让我一整天没有办法集中精力。

我和她经常去楼下的日料小店吃午饭，菜单上的拉面和铜锣烧是我的心头之爱。每次我们吃甜品的时候，都会分享一些彼此的故事，尽管这么做在职场的角度看似乎有点儿不专业，但是她是一个很不错的谈话对象，不爱搬弄是非，还有点儿喜欢绘画。

渐渐地，我对她有越来越多的了解，比如她喜欢电影，尤其是伍迪·艾伦的《午夜巴黎》，比如她觉得和老公有点儿聊不到一起，比如婆婆希望她快生孩子，而她正在努力躲避这个责任，比如她没有谈过多少的恋爱……很快，我们成了比同事多一点儿的朋友。

1　网络用语，意为自娱自乐，自己给自己找乐子。

/ 第一块多米诺骨牌 /

有一天，我请雅文去牛舌那点事儿吃烤肉。这家店的环境和味道都不错，所以来的人特别多，如果不订位至少要等上半个小时。实际上，我请雅文吃饭，是有一事相求。

“什么？你想让我帮你盯广告片的拍摄？”雅文拿着夹子给牛排翻着面，有些吃惊地看着我，“我当然愿意试试看，反正听起来比统计微博转发量有意思多了。但是我从来没有这方面的经验啊，Nancy 应该不会同意吧？”

Nancy 是我们的总监，谨慎细微是她的全部人生写照。当我以身体不适要求休假的时候，她几乎要用眼神杀死我。但在我的卖萌打滚和坚持下，她还是帮我签了假条，条件是要找个靠谱的人来交接工作。说起靠谱，我自然想到了雅文。

“没事儿，”我吞下了一口牛舌，味道比想象中更好，“我要休假，Nancy 让我找个靠谱的人盯这件事。只要你同意，她那边应该没啥问题。”

“但我从来没有盯过广告片的拍摄。”

“其实挺简单的。”我循序渐进地劝导，如果雅文不答应，假期估计就得泡汤了，“导演和制片我都找好了，里面有一个摄影师还是我朋友，有他在片子肯定没问题。反正那天客户也会去，你把客户服务好了就行。”

“我没有和客户打过交道。”雅文看起来有些犹豫，“要是我把项目搞砸了怎么办？”

“没事，客户挺好说话的，是个小帅哥。拜托了，这段时间我加班加得快累死了，再不休假我会疯掉的。看在我们关系不错的分儿上，你就帮了我这个忙吧。”

雅文迟疑了几秒钟，最终还是答应了我：“好吧。”

/一场飞蛾扑火的爱情/

一星期以后，我照旧回到了北京办公室。广告片的拍摄很顺利，客户还写了一封表扬的邮件，我给大家买了小礼物，看起来这个项目皆大欢喜地结束了。

雅文早上没有来公司，她说有一些话想和我聊聊，在老地方见。我不知道她打算和我说什么，饭点的时候，我按时赴约，雅文已经点好了餐，要的是牛油果蟹肉沙拉和两碗味噌拉面。

这一切看起来正常得不能再正常了，我们点了同样的餐，坐在一贯靠窗的位置，甚至给我们倒茶的小美女还是上次那个。我以为雅文会聊聊公司的事情，家庭的琐碎事情，办公室的谁谁谁又怎么样了……她一开口，就把我吓了一跳。

“我爱上了谨冬。”

“什么？”

“我们在一起了。”

“你开玩笑吧？”我只不过离开北京一星期而已。

“谨冬？帮咱们拍广告片的那个摄影师？”

“是他。”

“可是，你已经结婚了。”

“我知道。”雅文不理会我的惊讶和崩溃，她脸上充满少女般的梦幻表情，“可是，我爱他，我们在一起真的真的好开心。”

“这不是真的……”我把脸埋到掌心中，努力整理混乱的思路，“你这是婚外情啊。”

我和谨冬是合作关系，大部分时间我们都在片场见面，仅有的私交也只是在朋友圈里互相点赞而已。谨冬是个好看的男生，身材修长，喜欢穿着浅蓝色的 T 恤，笑容和说话都暖暖的，听说他以前在北京电影学院上学的时候还当过模特。在工作上，他是一个蛮可靠的摄影师，专业技能和审美都很好。在私下，感觉他喜欢漂亮妹子，也喜欢熬夜、抽烟、参加派对，至少每天早上起来打开朋友圈，他总显示在第一个，发自己又去哪儿玩，又在哪个明星的派对上喝多了之类的。

我不知道雅文能和他有什么交集，他们怎么看都是八竿子打不着的家伙。

“这一切都怎么发生的？”我抛出了心中巨大的疑问。

“我去盯广告片，和他们沟通拍摄细节，然后我们就认识了。”

“认识，嗯哼，然后呢？”

“后来拍完片子，大家一块儿去簋街吃火锅。我们都喝了点儿酒，迷迷糊糊之间就发生了所有不该发生的事情。”

我对于雅文含糊其词的解释有些不明白：“这难道不是一夜情吗？”

“开头确实是一夜情……后来，我们整整一星期都在一起，那种感觉越来越强烈。就是……嗯……怎么说呢……他是一个特别与众不同的人，我从来没有认识过这样的男生。我和他在一起，感觉特别幸福，那种强烈的幸福感简直快要让我疯掉了。我知道自己做得不对，但是就是停不下来。我们在一起度过的这一星期，比我这辈子经历过的快乐还多！”

“一星期？你老公不得气疯了？”

“我骗他说是出差。”

“太可怕了！”我努力告诫自己不要去评论他人的生活，但还是忍不住，“这对你老公太不公平了吧！他就是被蒙在鼓里啊！你们倒玩儿得开心了，他可怎么办？你得认真考虑这件事情！”

“我知道。”

“你不能这么对他。你不应该再去见谨冬。”

“我控制不了。我觉得我没有爱过我老公。”

“你不能伤害无辜的人！你当初要是不爱他，你就不应该结婚。”

“我知道。但是我受够了，我真的受够那种日子了！”雅文声调变得激动起来，旁边的情侣朝我们看过来。她不好意思地掩住嘴，尽量控制激动的情绪，“我不指望你能认同我。很多女人也就图个家庭稳定，我以前也是这样想的。你根本不知道和不爱的人一起生活是什么感觉，真的特别令人疲倦。

“我告诉自己要努力维持婚姻，我还在当当订了教人怎么做好女人的书，可我做不到！你明白吗？我做不到！我为什么要把人生都浪费在和婆婆吵架上？我为什么要为不爱的男人洗衣、做饭、生孩子？我为什么要浪费时间给我不爱的男人？我选错了，我要重新选！

“我以前从来不相信人能为真爱放弃一切。但是我现在不在乎，我只想和谨冬在一起，我根本不在乎会失去什么。我只有和他在一起才会幸福。我不能错过唯一一个能让自己幸福的机会。我不会对我老公觉得内疚，房子我也不要了，我就想和自己爱的人一起生活，我有错吗？”

我应该站起来义正词严地把盘子摔到她脸上，指责她缺乏责任心和契约精神。

但是，这一刻，我被她歇斯底里的自我辩护和莫名其妙的勇气吓坏了。

那次午餐后，雅文提交了辞呈。

总监有些吃惊，但还是批了。我问她下一步怎么打算？她没有说太多，只是说安排好以后会告诉大家。我也不好意思再多问些什么，就此作罢。

在离职前的最后一天，她把桌子上的书和笔记本放到小箱子里。夕阳缓缓地透过落地窗，映照在雅文的脸颊上，不知道是什么缘故，她唇角扬起的甜蜜微笑令我觉得担心和不安，脑海中闪过四个字——飞蛾扑火。

/ 当雅文离开之后 /

雅文私奔了，没错，和谨冬一起私奔的。

这个消息掀起了巨大的波澜，雅文的丈夫把她微博上的好友都骚扰了一次，四处询问她的消息。比其他朋友更惨一点儿的是，他通过雅文 QQ 的历史聊天记录找到了我。不知道出于什么原因，他不断地给我打电话，坚决地认为应该和我聊一下。

我们约在星巴克见面。

雅文的丈夫是一个长相有点儿粗鲁的人，可能这个形容词有失尊重，但这确实是我的第一感受。

他穿着一件泛黄的白衬衫，外面还套着一件松松垮垮的外套和尺寸过大的裤子，一说起话来，黝黑的皮肤都挤成一团，露出牙齿上不均匀的斑点。

当我问他要喝什么咖啡的时候，他表现出了尴尬的神情，嘟囔地说了一句：“我没来过这儿，随便吧。”我纠结了一下，最后买了两杯拿铁。

他一直在絮絮叨叨地说着和雅文的往事，他们是怎么相亲的，他给了她家多少礼金，她一直不愿意生孩子，而他和母亲一直在容忍这件事情……听到别人生活中的琐碎小事总是令人觉得尴尬，我心烦意乱地搅拌咖啡。

最终，当他说道：“她结婚前和别人好过，我都没有说什么！”我忍不住打断了他，问了一句：“你希望我为你做点儿什么呢？”

他被我的问题问得有些错愕：“我想找到她，问问她为什么要跟别人走！”

“我也不知道她去哪儿了。”我耸耸肩，事实上我确实不知道。

“我哪里对不住她了？”他拿起桌子上的纸巾用力地擤鼻子，发出了呼噜呼噜的响声，脸涨得通红，又开始自顾自地唠叨起来。

“感情的事情很难说得明白吧。”我打算含糊其词地说几句，迅速结束这次谈话。

“我妈为这个事情都进医院了，家里被闹得鸡犬不宁。你看，”他从裤袋里掏出几页被揉得皱巴巴的 A4 纸，重重地放到桌子上，“她留下这么个东西就走了！你说说她是什么意思？！”

我扫了一眼雅文留下来的信，大概内容无非是她决定要离开这个家，去寻找自己的生活，等安顿下来就会协商离婚事宜。信里的内容措辞之强烈和坚定，每个词都透露着“我后悔和你结婚了，我现在要找自己的幸福了”，难怪眼前的男人会如此恼羞成怒，他必然被狠狠地羞辱到了。

“大概就是信上写的意思吧，”我把信推回给她，“像上面写的，她想寻找真爱。”

“都多大岁数了还爱？爱能干什么吃？爱能换钱花？！结婚为的是什么，重要的是传宗接代，哪有什么爱不爱的？”他激动地嚷嚷起来，用力地拿起咖啡杯敲着桌子，“像咱们这种老大不小的岁数，就应该踏踏实实地过日子，你说是吧？她不愿意做家务我都没说什么，现在还跟别人找真爱去了？！我要找到她，非跟她没完！为了爱不爱这种破事儿跟别人跑了，迟早有她后悔的！”

可是，爱是一件重要的事情啊，因为有了爱，才让柴米油盐的生活显得不那么糟糕，不那么令人厌倦。我在心里嘀咕，却不敢说出来，否则这个愤怒的男人，一定会把咖啡杯砸在我脸上。

在回家的路上，我一直想着雅文的丈夫。他是一个不讨人喜欢的家伙，但他拥有和大多数普通人一样的愿望，就是过上老婆孩子热炕头的踏实生活。他只是在婚姻的问题上过于匆忙地选了一个不爱自己的女人，而且，雅文结婚的时候也应该多多少少抱着“认命”的心态吧。他们是两个抱着理性态度结婚的成年人，唯一的错误在于，他们高估了人类的理性。

/ 不是结局的结局 /

这件事仿佛无疾而终地过去了。

我把雅文的丈夫加到通话黑名单里，雅文只给我发过一条短信“我很好，勿担心”，犹豫了一下，不知道回什么才合适，干脆就算了。

朋友圈里仍然有他们的传闻，Amy 说雅文和丈夫离婚了，两人在民政局还打起来了，后来雅文和谨冬在上海生活，住在八佰伴附近。过了一段时间，听说谨冬和《瑞丽》的模特好上了，雅文在拍摄片场扇了小模特一巴掌，然后她当天晚上就割腕自杀，幸亏被及时送到了医院。再后来，听说他们分手了，谨冬回到了北京。

有一年圣诞节，我去银泰中心的秀吧参加一个朋友的生日派对，朋友还邀请了谨冬。在玩真心话大冒险的时候，朋友开他玩笑，问他为什么和雅文分手。

他想了一下，很认真地说：“我把那件事情当成是偶然事件，老了以后可以和子孙炫耀的那种，她却把一切的赌注都押上来了。我们以为彼此是一路人，其实不是。”

/ 只是命运的安排 /

我前段时间去北海度假，和雅文见了一面。

雅文结束了上海和北京的生活，在北海找了一份小文员的工作。她变得很平静，没有什么笑容，在我们聊天的过程中，她一根又一根地抽烟。当我提到谨冬的时候，她眯起眼睛，扬起微笑回忆曾经的美好时光。

“他让我以为生活有第二种可能，当我刚开始抓住这种可能的时候，他又夺走了这种可能。”雅文努力地扬起头，但我还是看见她眼眸里湿润的水珠。

“后悔吗？”我问她。

“有点儿后悔，又有点儿不后悔。你说，你和不爱的人浑浑噩噩地过完一生比较悲哀，还是不顾一切追求爱，最后却弄个遍体鳞伤比较悲哀？如果我这辈子不遇到谨冬，现在可能还过着稳定的生活吧。说来说去，都是命。”

“都是命。”我在心底重复了一次。

没有比“为你好”更糟糕的事情

/ 讨人厌的 Y 先生 /

秦小宁的男朋友 Y 先生，是一个讨人厌的家伙。

我们讨厌他那副喋喋不休，逢人就爱讲大道理的样子。他长得细皮嫩肉，不难看，27 岁，事业毫无成就。每天都和熟悉、不熟悉的朋友宣扬自己的人生理念。哪怕你只是简单地问一句：“今天吃了吗？”他也有办法把话题引导至人生理念之类的事情上。

Y 先生除了喜爱教育身边一圈朋友以外，更喜欢教育秦小宁。

秦小宁是我相识多年的朋友，她的长相只能用“软妹子”三个字来形容，个子小小的，脸也很可爱，喜欢用各种糖果色系的包包和文具。她毕业于某知名美院，一直没有去上班，在家以画漫画为生，时间长了，收入开始好转，在圈内也开始小有名气。

对比起秦小宁，Y 先生显得普通得多，他和秦小宁是大学时期的恋人，目前在某家房地产广告公司当设计师。

尽管他已经不画画了，但仍然爱对女朋友的作品滔滔不绝地发表意见，比如“你的颜色不对”“你的作品不够深刻，只有一味地讨好”。就连我们偶尔出来聚餐叫上 Y 先生，他也要对秦小宁不小心打翻茶杯的事和她的绘画方式大肆点评一番。朋友们自然会觉得尴尬，秦小宁好几次也差点儿红了眼圈，他却丝毫不收敛地说：“你怎么听不得批评？你怎么那么玻璃心？我还不是为你好？！”

Anita 是一个略微直接的姑娘，她每次见到秦小宁，都会问：“你打算什么时候和那个神经病分手？”

秦小宁会反击她几句，底气不足地说：“他可能真的想帮助我进步吧。”

“拜托，他别说画漫画了，插画也没有画过几张像样的。外行指导内行，这不是搞笑吗？你让他先进步进步，再来指导你吧。”

每次到这种时候，气氛总会略微僵硬。我会跑出来负责给大家说个轻松的笑话，Anita 会一脸恨铁不成钢地往嘴里塞甜品，秦小宁会默默待在旁边用力吸已经喝光的咖啡。

/ 收留秦小宁 /

有一天，秦小宁抱着苹果电脑和画具，还有一堆衣服站在我家门口。她随意披着一件卡其色的羊毛开衫，头发乱蓬蓬地扎了起来，眼睛红得像只兔子，可怜兮兮地对我说："我需要你收留我几天。"

理所当然地，我收留了她，秦小宁也和我解释她是怎么把自己搞成这样的。之前她接到一本漫画杂志的邀约开始画连载。原本预计只连载 3 期的，但由于读者的喜爱，杂志希望能把故事加长，变成 10 期左右的连载。

除了要画连载，她还在画着一本少女漫画书，所以工作压力和强度都很大，常常会陷入自我怀疑和拖延症的状态。当她再次感到低落的时候，跑去和 Y 先生讨论工作中的烦恼。他看了看她的画稿，非但没有安慰一句，反而滔滔不绝地批评起来，什么"画风太做作""故事太无聊，没有深度""我觉得你看过的漫画太少了，你得多看看那谁谁谁的作品"。在男朋友的批评和唠叨下，秦小宁整个人直接就爆发了，两人吵了起来。Y 先生非但没有认错服软的态度，还喋喋不休地强调："忠言逆耳，你知道吗？忠言逆耳！"

"他没有毛病吧？"我坐在沙发上听完秦小宁的故事，心中的震惊难以言表，"你这么出来，他也没有拦你吗？"

"没有。"秦小宁一脸沮丧地翻着手机，递给我，"他还发了几条骂我的短信。"

我飞快地扫了一眼短信，大概的内容可以总结为——你如此不听他人劝告，是成不了好的漫画家的，后面还有几句威胁女朋友说要分手的话。

“你就在我家住着吧，一两个月都没有问题，至少等你画完吧。”

“太谢谢你了！”秦小宁用力地抱着我，“我会给你房租和做家务的。”

“你别把我家拆了就行。”

/ 漫长的见面 /

秦小宁是很好的合住者。

我每天早上起床工作，她却刚刚画完画打算睡觉。晚上 7 点左右，我们去附近的餐厅一起吃饭，聊聊我的工作，也聊聊她的创作进展。

“我有一件事情想找你帮忙。”

“什么事情？”

“嗯……事情是这样的……”秦小宁停顿了一会儿，脸上浮现出不好意思的神情，“我有几本重要的书忘记在家里，而我的家 Y 一直住着……所以……你能不能帮我去要一下？”

“可以啊，你以前的家就在我公司旁边。你把 Y 的电话给我吧，这几天我帮你拿回来。”

“太感谢了。”

当我坐在公司楼下的星巴克，听着 Y 先生像安利的推销员一般滔滔不绝地对着自己狂喷的时候，我突然觉得应该把他包里的书抢过来，然后狂奔就好了。

“我觉得秦小宁成不了大器。”

呵呵，成不成的了您老人家说了能算？我心里默默地吐槽。

“有时候我只是给她提提意见，怎么就不行了？

“我平时上班也辛苦，回家看见她画得乱七八糟的，你说，我能不说她吗？

“她这个人，就是视野不够开阔。就知道在细节里涂涂抹抹，大的感情处理，大的故事框架，大的战略，她都看不见。

“而且，她就喜欢宅着，平时应该和别人交际的时候总不去。在这个社会，你没有点儿人脉怎么行啊？”

我开始觉得不耐烦。

我们来星巴克的时候，特意选择了一个阳光充足的座位；而现在，别说阳光了，只要微微抬起头来，就能看见黯淡的天空，还有一轮正挣扎着露出全貌的月亮。他没有结束的意思，从秦小宁的事情一直说到创业计划，现在又回到情感问题上。

“我觉得……”最终，我觉得还是要发表一点儿意见，结束这次漫长而无趣的谈话，“你可能误解了。”

“误解？我误解什么了？”

“秦小宁不需要你的指导，很多人也不需要你的指导，想要教育别人只是你的业余爱好而已。你以为自己是帮助秦小宁，实际上，你只是自己在爽吧？不断地打压她，不断地告诉她‘你不行’，你会觉得开心吧？只是借着‘为你好’的名义来宣泄自己的怒火而已啊。她已经在很努力地用功着，你不要这样对她。”

“难道我就看着她自甘堕落，任由她发展……”

“她做什么了啊？你就给她扣上自甘堕落的帽子。她挺好的，画得好，人也好。你不是她的老板和衣食父母，你是她的男朋友。你要做的是肯定她的情绪，而不是上来就教训她。你没有真的为她好，我有时候都怀疑你是嫉妒她的好。什么也别说了，快把书给我吧，我还着急回家吃饭呢。”

/ 嫉妒女友的男人 /

回家以后，我和秦小宁述说了和 Y 先生见面的过程。她没有像往常一样维护 Y 先生，只是说起了她为什么一直和 Y 先生在一起。

“我觉得很内疚。上大学的时候，Y 才是那个拼命想成为漫画家的人。他给杂志投稿，去参加比赛，每天都不停地画。有一次，我陪着他画了几幅，寄给同一家杂志，结果却被录用了。

“后来，有不少读者鼓励我继续画，我就继续下去了。Y 却一直没有得到认可。他一直怪我，如果那次我没有投稿，可能他就被录用了。”

“没有你，也会有别人啊。”我一想到下午和 Y 先生聊天的情景，心里还是觉得挺生气的。

“有可能是吧，”秦小宁微微地点点头，“我一直觉得自己抢走了他的梦想，所以他有理由生气。他也不是对我不好，毕业的时候，我收入不稳定，又想做自由创作者，他就去广告公司当设计师，一个人养活我们两个人。

“他一直偷偷地在画画，不让我知道。每次吵架，我想离开的时候，又觉得很不忍心。总觉得在这种时候离开他太残酷了，我就劝自己说，等他开始实现漫画梦的时候再离开他好了。我把他的作品发给关系不错的杂志社，他们觉得不够好。我突然觉得，他的梦想大概一辈子都不会实现了。”

“但是你也不能搭进去自己的一辈子啊，”尽管我对 Y 先生仍然没有什么好感，但是听完他的梦想，也难免会觉得有点儿心酸，“你根本不需要对他的梦想负责啊。你是靠着自己的才华堂堂正正赢得一切的，他这样把责任推给你，算什么呢？他天天训斥你，才不是为了你好，而是嫉妒你啊。”

“嫉妒我？”

“嗯。”我尝试着分析，“我觉得他……嗯，怎么说呢？内心深处其实是知道你的才华的，但是又不愿意承认……毕竟，承认你的成功，就等于验证了自己的失败。所以，打压你是他唯一能做的，这样他可以说服自己‘秦小宁其实没有那么好’，这样心里就会好受一点儿了吧。”

“关于这个，我从来没有想过。”秦小宁努力挤出一点儿笑容，“谢谢提醒。”

/最后一根稻草/

那天晚上以后，我们再没有聊过 Y 先生。当然，Y 先生仍然会给她打电话，但是光是听口气，就知道是不欢而散的结局。庆幸的是，她的创作很顺利，比预期中更快交稿了。

她在漫展做签售会那天，我由于出差的缘故没有去。看她的微博上发了很多当天的照片，感觉很热闹也很顺利。Y 先生转了秦小宁的微博，就写了一句话“国产动漫业没救了”，Anita 对 Y 先生的冷嘲热讽很不满，在下面也回了一句“药不能停”。

我从上海回到北京那天，秦小宁特意开车来接我，还请我和 Anita 去吃了静心莲。在我们心满意足地点完菜以后，秦小宁第一个打开了话匣子：“我和 Y 分手了。”

“太棒了！”Anita 就差没有痛快地拍桌子叫好了，“怎么分的？”

“就微博那事儿啊，”秦小宁轻描淡写地说，“他黑完我以后，还跑来找我吃饭，然后我就去了。开头他还挺客气的，后来又给我出各种指导意见。我和他说‘我需要的是男朋友，不是三流评论家’，他就和我吵起来了。原本我没有想和他分手的，谁知道他和我说：‘你知不知道，是我的牺牲成就了你？’那一刻，我觉得他真的疯了。”

“他太可怕了……”我倒抽一口凉气，继续八卦，“然后呢？”

“然后他就说他为我付出多少啊，他觉得我画得有多垃圾啊什么的。最后我受不了了，我就和他说必须分手。”

“他怎么说？”

“当下他也答应分手了。不过，第二天他就开始求复合，跑来和我说多爱我啊，还不允许我把东西搬走。”

“太过分了吧？！”

“这还不是最过分的，他还找了一群我不怎么认识的人来当说客。我都快变成一个抛弃共患难的男朋友、狼心狗肺的人了。”

“那你怎么想的？不会和他复合吧？”

“绝不，”秦小宁坚定地说，“绝不。就算我欠他什么，也都算还清了，我不能再和这个人在一起。他求我复合的时候，说什么‘我们现在就结婚吧，这样你就会开心点儿’。我觉得我的恋爱根本就是一个笑话，我们根本不是一个频道的人。我脑补了一下我们结婚的画面，将来有了孩子怎么办？一辈子被一个有情绪障碍的父亲打压，毁掉孩子的一生？我光是想想就要吓死了。”

“没事儿没事儿，一切都会好起来的。至少你现在和他已经划清界限了。”Anita 开心地拍拍她的肩膀，“我们就怕你不醒悟。”

“谢谢你们。”秦小宁突然握住我的手，“也谢谢你收留我，让我有勇气和过去告别。”

在那一刹那，我突然意识到，这对纠缠许久的怨偶，总算是真正地分道扬镳了。

/ 尾声 /

大概一年后，Anita 在一个聚会上，无意中又见到了 Y 先生。她说，感觉 Y 先生一点儿都没有变，仍然喜欢对别人说自己的人生故事和大道理。哦，不对，他变了一点点。除了那些无趣的厚黑学之外，他开始和所有人倾诉自己的情史，把自己包装成一个受尽伤害的可怜男人。

没有人愿意和他做朋友，他也不介意，换了一个又一个交际圈，口碑越来越烂也不在乎。秦小宁听到 Anita 的转述，淡淡地说了一句："他不仅坏，还愚不可及。"

秦小宁曾经对 Y 先生心怀内疚，而今也能谈笑风生地把这段恋情当成一段逸事。Y 先生从一个青春期就开始热爱漫画的少年，变成又蠢又坏的男人。我和 Anita 曾经只是不喜欢 Y 先生，现在却已经上升到厌恶的程度。

我一直以为"一切会好起来"，事实上，时间解决不了任何问题，它让好的东西变得更好，也会让坏的东西在命运的长河中彻底腐烂。我不知道会不会变得更好，但很多事情必然会变得更坏。

所以，我们只能小心谨慎，避免推倒多米诺骨牌。

当我比你好

/ 突然变陌生的另一半 /

晚饭过后，陈薇回到书房里，专心致志地读着一篇文章《女人婚后有钱了，应该怎么维系婚姻关系？》。从前，她是不屑于听任何情感专家的建议的。恋爱，结婚，处理婆媳关系……只有身处其中的人才能明白，要解决这些问题并不难，无非就是诚恳的交流。她一直觉得婆婆和谭泽明都是很通情达理的人，从恋爱到结婚，谭泽明对她的照顾无微不至，唯恐她受到一丁点儿伤害。闺密们都常常感慨陈薇的命真的太好了，嫁了一个家境不错、为人又贴心的老公。

换作以前，她会笑纳所有的恭维。

陈薇的目光扫过客厅，谭泽明一脸阴郁地对着电视机打游戏。若是换作以往，他们吵架后谭泽明总会耐心地讲道理教育她，哄哄她，而现在，他宁可和无聊的超级玛丽待一个晚上，也绝对不愿意多说一句话。

事情是从什么时候发生了变化呢？是她从客户经理升职成高级客户经理开始？还是她最近被挖到一家新型互动广告公司，薪水至少翻了三倍，取代谭泽明成了家里的主要经济支柱？还是她频繁加班出差，引发了谭泽明的不满？

说真的，她不知道。她只是觉得他们之间的关系产生了微妙的变化，每次她企图阻止这种变化，迎接她的却是更加激烈的抗争与争吵。

她无奈地又翻了几篇类似的文章，上面的内容都是差不多的陈词滥调，无非是要温柔啦，要顺着老公的意思啦，要多承担家务事啦，最重要的是要把钱拿出来大家一起花，让另一半觉得开心，但是小金库的钥匙要掌握在女生手里。

一种说不出来的筋疲力尽感涌上心头，文章里的那些狗屁建议她每一条都在做，除了把自己累得半死以外，根本没有任何用途。

“我要去睡觉了。”谭泽明关掉了游戏机，对正在书房看电脑的陈薇说，“我明天要早起。”

“好吧。”陈薇看着他把游戏机的手柄放到收纳盒里，心血来潮地说了一句：“我觉得你最近游戏打得有点儿多。”

“还好吧。”

“老打游戏对身体不好。”

“你老加班就对身体好了？”谭泽明不冷不热地答了一句。

“我加班是迫不得已啊，”陈薇后悔自己不恰当地表达了不恰当的关心，“我也想早点儿回家陪你，在家多待一会儿，最近不是项目比较多嘛，还有几个比稿……”

“你知道我为什么打游戏吗？”谭泽明打断了陈薇的话，定定看着她，“你以为我喜欢打游戏吗？我是因为在现实生活中太没有成就感，才开始玩游戏的。”

“你怎么没有成就感了？家里不都挺好的吗？你的工作也很顺利，我的也很顺利，比起很多家庭，我们已经很幸福了。你有什么不开心的事情可以和我说，不然……我真的很担心。”

“我说过了，不过你不明白。”

“我就是不明白。”

“你是我太太，你出去就应该多给我一些面子。”

“我怎么不给你面子了，我……”陈薇立刻明白谭泽明指的是哪件事情，“我那天只是在正常的聊天而已！”

“正常的聊天？还是你巴不得天下所有人知道你现在赚得比我多，还在大公司里管着上千万的大项目？你要炫耀就炫耀，别在我朋友面前炫耀。”

“那是别人问我现在在做什么！你朋友问我做什么工作，难道我不告诉他？！难道我和别人正常说话，也做错了吗？”

“是是是，你做得都对，”谭泽明冷冷地抛出一句，“我懒得和你说，我要去睡觉了。”

陈薇听着谭泽明砰的一下关上了房门。突然之间，她觉得眼前的男人出奇地陌生，就像是某个未知的灵魂钻进了谭泽明的身体里。很难想象，他们度过了四年甜蜜美满的恋爱期，还有两年安稳愉快的婚姻生活，竟然在第三年，一切都变得支离破碎。

在前面的六年里，谭泽明一直是占据主导地位的强势方。在陈薇还在读大一当学渣的时候，谭泽明刚刚毕业，进入了一家知名的广告公司做AE[1]，三年之后，又跳槽到另外一家公司当Planner[2]。在很长一段时间里，谭泽明像是高高在上的男神，长相英俊，家境良好，温柔体贴，身上散发着偶像剧男主角的光环。陈薇享受着谭泽明的指导和关怀，谭泽明也极其乐意扮演“懵懂小姑娘身边的人生导师”的角色。

真正进入职场后，陈薇在新公司里学到很多知识，也很快看到了机会和自身的盲点。她喜欢那种自己变得越来越好的感觉，终于有一天，谭泽明不再是孤身奋战的男神，她也不再只是心怀广告梦的傻乎乎的女学生；终于有一天，她可以成为像谭泽明一样好的人，成为他身边最重要的支柱和力量。

陈薇抱着这个信念，拼命地努力和创造好作品。半年前，一家仅有50人的广告公司挖她去工作，她在短短的时间里拿下了几个重要的品牌和项目，公司的规模也发展到将近200人，自然地，她成了业界的核心人物，薪水像是直线一般攀升。从一个穿着运动服、背

---

1 Account Executive一词的缩写，指在广告公司中执行广告业务的具体负责人，即客户主管。

2 即策划人。

着帆布包去吃一顿自助餐就会开心得要死的女学生，迅速蜕变成穿着Chanel[1]套装，化着精致的妆容，为顶级的快速消费品公司提供营销建议的高级主管。这个过程她走得很辛苦，但是她终究是走出来了。

她希望谭泽明能为她高兴。没想到迎接她的，只有无情的冷言冷语。到底哪里出错了？她希望自己能弄明白，把一切都恢复到正轨上。

/ 令人内疚的成功 /

“小薇今天怎么没有来啊？”周末的家庭聚会上，大姑扭过头问谭泽明。

“她今天加班，晚点儿到。”

“哎哟，她可真是一个大忙人。当上了大公司的合伙人，还真是不一样啊。我说，你这小子还真有福气，娶了一个这么能干的媳妇。”

“还真是，哪像咱们儿子啊，”姑父自以为风趣地附和了一句，“你以前不是老说有钱就去读什么 M 什么 A，对，MBA！现在应该可以读了吧？到时候你充充电，再干一番大事业。”

“可不是吗，咱们那儿媳妇，班也不好好上，在家待着啥也不干。对了，小薇现在能赚多少？现在房子涨得那么快，有钱你们也赶紧再买一套啊。”

“肯定赚得不少，”姑父继续搭腔，无视坐在一旁的谭泽明，“怎么着一年能赚个七八十万吧。”

1　即香奈儿，法国著名时尚和奢侈品品牌。

“那还真不少……你们存点儿钱，再让你爸妈垫点儿，估计就能在……”

关你们什么事。谭泽明死死地盯住大姑，她正吧唧吧唧地啃着一个炸鸡翅，双下巴的赘肉油腻腻地颤抖着。他心底忍不住泛起一阵恶心，恨不得能把一盘鸡翅全塞她嘴里——如果这样能让她少说一句话。长达两个月，他受够了别人夸奖他娶了一个多么能干的老婆，他从一个圆的中心被迅速边缘化，成了陈薇的陪衬品。

“你去给小薇打个电话吧，问问她什么时候到。”母亲看见谭泽明紧绷的表情，打断了其他亲戚絮絮叨叨的讨论。

“嗯。”

陈薇正坐在宽阔的会议室里，和客户分享上个月的传播数据。客户对于她的工作非常满意，给予了高度的赞美，答应会增加第三季度的营销费用，然后滔滔不绝地向陈薇介绍将要上市的新产品。她一边记录着会议中的关键点，一边悄悄地把振动的手机关掉。不用看，她也知道那是谭泽明打来的电话。早在前几天，她已经告诉过谭泽明，这个周末要加班，家庭聚会她不想参加；不过谭泽明没有同意，在他看来，无论那群亲戚有多么奇葩和不可理喻，家庭聚会仍然是不可失的传统。

会议室前面是视野开阔的落地窗，今天北京的天气很好，整个CBD都一览无余，再搭配上一份国际品牌的合约，生活美好得就像励志小说里写的那样——天道酬勤。然而一转身，就是不得不面对的说不清楚的家庭矛盾，无尽的争吵和冷漠。

陈薇开车回到家的时候，已经晚上 10 点多。谭泽明坐在客厅里打游戏，看见她回家，冷哼一声，把手柄摔到一旁就回房蒙起头睡觉。她打开手机才惊觉自己一直忘记开机了，满满的来电提醒宣告着谭泽明打了不下 50 个电话。她脱掉高跟鞋，从冰箱里给自己倒了一杯酒，某种内疚混杂着不安，伴随着酒精在她的体内四处乱窜。

/ 你的成功衬托了我的失败 /

自从那天晚上以后，陈薇努力装出一副小猫的样子。即使她再没有处理这种事情的经验，也知道谭泽明因为自己赚得太多，觉得男子汉的自尊心被狠狠地打击到了。如果她不想离婚，就必须拿出所有的力气，来弥补婚姻的裂痕。

谭泽明感觉到陈薇的变化，她每星期的加班时间从一星期七天改成一星期三天，早上起来做早餐，偶尔兴致来的时候还会做一份爱心午餐便当。她在家里待的时间变长，还踊跃地参加家庭聚会，和三姑六婆打成一片，日子就好像恢复到他们刚刚结婚那一会儿。他常常会为家里的温馨气息而感动，但孤身一人的时候，仍然难以排解心中的酸涩感。

“就觉得不对劲。”谭泽明约好友禾屹去居酒屋喝酒，第一次对别人说出自己的心里话。

“你这个是嫉妒吧，”禾屹喝着热乎乎的清酒，“你嫉妒她。”

“我没有。”

“你有。”

“我真怀念她以前的样子。”

“是是是，”禾屹一针见血地指出问题所在，“懵懂无知，必须靠着你的指点才能做出正确的人生决策；现在你们的角色调换了，她是更有经验、更有成就的那个人。你需要的是一个崇拜你的小女生，小女生长大了，她现在是女王陛下。”

“她变得太快了，让我有点儿措手不及。”谭泽明不得不承认禾屹说的都是实话。

“人都会变嘛，只不过她比别人聪明，很快就找到门道，比别人进步得快。”

“我们大概永远没有办法真正预测、读懂另外一个人。”

“这不就是生活的有趣之处吗？”禾屹笑笑，说，“拥有一个不断变化的恋人其实是赚到了啊，不用劈腿就可以享受和很多人恋爱的感觉。”

“我还是宁可她不要改变呢。”

“对她好一点儿，事业成功不是一种罪过。”

“嗯。”他闷闷地哼了一声，“知道了。”

他们一直喝到居酒屋打烊才各自回家。谭泽明就住在附近，他送禾屹上车后，一个人独自沿着小路散步回家。他们刚结婚的时候，就搬到了这边的公寓，陈薇特别喜欢这里，觉得生活气息好，出门就有超市、咖啡店，还有营业到深夜的书店。有时候吃完饭，他们会跑到附近的甜品店点一份芒果西米露，聊聊最近发生的事情。有时候，陈薇会苦恼地说出工作中的问题，而他总会揉揉她的刘海，开玩笑地说一句“小笨蛋”，再帮她分析处理事情的方法。

谭泽明觉得自己是一个需要被认可的人，从小到大就是这样，他也一直被认可着，小时候是长辈口中“别人家的孩子”，工作以后是上司口中“别人家的 Planner”，谈恋爱以后也是“别人家的男朋友”。站在金字塔的顶层，傲慢地看着芸芸众生，是谭泽明一直以来努力工作、积极向上的动力。若是被其他人超越，他能接受，然后拼命地工作；但是，那个人竟然是自己的太太，这让他变成了同行和朋友茶余饭后的羡慕对象。他宁可别人嘲笑他，这样就可以理所当然地站起来反驳或者打一架；偏偏他们是心怀好意地羡慕，那种神情就像他是不劳而获的家伙，找了一个会下金蛋的老婆。

深夜的习习凉风掀起了地上的秋叶，谭泽明打了一个寒战，拉起了外套的拉链，加快了回家的脚步。他想，就像禾屹说的那样，这一切又不是陈薇的错，或许这次轮到自己调整一下心态了。

“你回来啦？”谭泽明刚进门，陈薇从书房里跑出来迎接他，“外面很冷吧，我煮了一些热汤，你要喝吗？”

“嗯。”他脱掉了外套，疲倦地坐在沙发上，“谢谢。”

陈薇跑到厨房里，把炖了一下午的骨头汤重新加热沸腾，然后小心翼翼地用陶瓷小碗盛起来摆在木质托盘里，然后再从烤箱里拿出一枚烤得热乎乎的饭团，再洗上一把车厘子，最后把它们摆出可爱的形状。她心满意足地把这盘漂亮的作品端到谭泽明的面前："尝尝吧。"

"这个是什么？"谭泽明脸色铁青地挥舞着手中的信封，彻底无视眼前精致可口的食物。

"嗯？"陈薇困惑地看着他，接过信封看了一眼，快速地扫了一眼才恍然大悟地说："这个啊，艾美国际广告奖的颁奖典礼邀请函。"

"你们的项目拿奖了？"

"提名了，去年我负责的那个护肤品项目。"陈薇低头看着邀请函，"就是一个互动的Minisite[1]，评委们好像都挺喜欢的。说实话，我也不知道能不能拿奖，反正就去看看呗，也能多认识点儿同行，到时候你陪我一块儿去呗。"

"我不去。"谭泽明狠狠地咬了一口饭团，软糯的口感让他无处宣泄自己胸口的情绪，现在要是弄一块石头放在面前，他没准儿能直接来个胸口碎大石。在他刚打算要改善心态、冷静面对陈薇在事业上的成就时，回家就看到她得到自己一直想要却屡次失败的广告奖的提名，他甚至怀疑老天爷在开玩笑，非得在这个时候来一出打脸的戏码。

1　即活动网站。知名企业为了配合企业的市场运作活动，会推出一些小型网站也就是 MiniSite 进行线上营销。

“一块儿去吧，应该挺好玩儿的。”

“我说了，我不去。”谭泽明再也无法控制充满讥讽的语调，“这种广告奖有什么好看的？来来去去就是一些看起来炫酷、对客户又没有什么用的创意，浪费客户的钱，职业道德都被狗吃了吧。”

“不是啊，你这样说就不是很公平，今年有几支汽车品牌入围的创意广告片，还真的做得挺动人的，”陈薇不经意地皱皱眉头，“我觉得我们的创意就挺好的，客户也觉得对销售很有帮助，消费者也喜欢，皆大欢喜。”

“你们的创意？”谭泽明冷哼一声，“不知道从国外哪个品牌直接抄的吧，你们不就是弄了个汉化版吗？这个有什么难的？明天我就买本国外的创意广告合集，随便抄抄，是不是也能拿奖了？”

客厅陷入持久的寂静，只能听见喝汤和咀嚼食物发出的轻微响声。

谭泽明好奇陈薇怎么没有牙尖嘴利地反驳几句。他放下汤勺，看见陈薇站在散发着橘黄色光芒的落地灯旁边，一片阴影落在她的大半张脸上，让人看不清她的神情。但是在阴影之中，她的眼眸中散发着冰冷刺骨的寒意，几乎能驱逐屋子里所有的热量。

“谭泽明，我没有抄袭其他人的案例。”

“没有抄就没有抄呗。”

“还有，”陈薇一字一顿地说，“我要跟你离婚。”

/ 和过去说再见 /

陈薇拖着行李搬进了写字楼旁边的五星级酒店。

当天晚上，她坐在酒店 65 层的酒吧喝了几杯酒，独自一人痛痛快快地哭了一场。第二天起床，她用厚厚的遮瑕膏盖住泛红的眼圈，披上 Burberry[1] 的风衣，带着 PPT 去客户办公室里，神采奕奕地开了一整天的会。

回到酒店，她敷着面膜，看着电视里的综艺节目，心底突然有一种说不清楚的轻松感。在他们交往的这些年里，每次陈薇想到若是有一天要离开谭泽明，她必然会哭得肝肠寸断，痛不欲生，甚至有可能会舍弃尊严，苦苦哀求……

只是在这一刻，她除了轻松与平静，没有任何多余的情绪。

“我想好了，我还是想离婚，明天我会安排律师和你沟通。”陈薇想了想，还是把草稿箱里的短信发了出去。

“如果你决定了，我尊重你的意愿。但是，我想问一句为什么你会想离婚？”谭泽明回复了她的短信。

到底是什么造就了内心的坚定呢？陈薇坐在床上，想从记忆深处寻找出答案。

1　即博柏利，英国著名时装品牌。

毋庸置疑，谭泽明曾经在她的人生中扮演着重要的角色，他像是人生导师一样指引着她前进，让她免于恐惧与不安，她能少走大部分的弯路，其中大部分归功于谭泽明的教导；甚至在她远远地超越所有人的时候，她心中对谭泽明同样是饱含深深的爱意与崇拜的，在她的意识里，这个成就并不是个人所完成的，而是他们共同创造的。

“别人告诉我，我实现你所有的梦想，做到了你没有做到的事情，而你是一个男人，所以你觉得很伤自尊，很生气，我尝试去理解这种生气，真的，我努力迎合你，甚至想要不然算了，不要那么在意事业，毕竟家庭和睦才是最重要的，不是吗？但是，我真的没有做错什么，我只是工作努力，多赚了点儿钱，我不应该得到这样的对待。那天晚上的事情，我看清楚了你，也看清楚了我自己，你是不可能跨过这个坎儿的，你根本接受不了我的改变，你也不愿意祝福我；同样，我也不愿意再回到过去。我们的生活无法继续，我不能这么生活下去，真的，所以，我必须和你离婚。”

陈薇一口气在手机里打了长长一条短信。在按下发送键的一刹那，就像是干脆利落地斩断了和过去的联系，她的新生活也即将开始。

渣男所造就的幸福人生

/ 一 /

文宁幻想过无数次和白奕燃再相遇的情景。

他幻想功成名就，开着豪华跑车邀请她共进晚餐；他脑补自己登上知名商业杂志，她脸上写满震惊和错愕……遗憾的是，这些梦想从来没有实现过。前几天白奕燃从英国回北京探望亲友，发短信问他是否要出来吃饭，他倒是抱着手机纠结了好几天，终于回了一句“好”。

聚会的时间和地点都是白奕燃定的，在芳草地的一家西餐厅。文宁从来不知道白奕燃是从什么时候开始喜欢上西餐的。在他们共同艰苦创业恋爱的那几年，白奕燃从来没有要求吃过一顿西餐；偶尔赚钱了，她也只是抽出几十块钱到路边来点儿啤酒和烤肉，就能高兴地吃上一个晚上。

他和白奕燃相识在一个朋友聚会上，她只有 22 岁，刚从 P 大毕业，在一家互联网公司工作；而他，年长她几岁，毕业于不知名的三流院校的文科专业，正在创业做一个互联网项目。

出于要给自己找一个合伙人的目的，在聚会上，他对着白奕燃一通忽悠，什么项目前景、创新思维，等等。三个小时后，她成功被喷晕，一星期后辞职加入了他的团队。所谓的团队，也不过是在阴暗的民宅里，三个人临时组起来的公司而已。依靠着他的三寸不烂之舌，一个月后，白奕燃成了他的女朋友。

他爱白奕燃，深爱。他对白奕燃发脾气、责骂、训斥，甚至扔下一堆烂摊子给她就走掉。

白奕燃付出了很多，无论在公司还是在生活上。这并不意味着他不爱她，而是他就是这样的人。

在很长一段时间里，他认为自己拥有超越常人的商业才华，尽管至今也没有赚上钱，但是他仍然那么认为。一个有才华的人，有一些脾气难道不是应该的吗？他就是这样的人，他不会改变，他需要被迁就。

在他们交往的第二年零三十五天，白奕燃终于不再忍耐，她毫不犹豫地离开了他，去英国读了硕士。这几年，他陆陆续续从朋友处听到白亦燃的消息，她念完书后，嫁作人妇，先生是英国知名学者。

具有讽刺意义的是，文宁听到白亦燃结婚消息的那一天，他的公司宣布破产，欠下一屁股债。

第一次，文宁突然明白有才华的不是他，而是白奕燃。

/ 二 /

文宁记不太清楚上一次买衣服是什么时候。他从旧衣服里挑出一件还能看的，把泛黄的匡威球鞋刷得干干净净。他不想让自己看起来那么落魄，至少不能在她面前表现出来。

他奢侈地选择打车，而非公共交通，为的是不沾染上令人厌恶的汗味。抵达芳草地后，他花费了一些工夫才找到餐厅——白奕燃已经到了，她正坐在窗口的位置，仰起头和服务员讨论着些什么。

白奕燃的变化让他目瞪口呆。短短两年时间未见，她已经变成了另外一个人。她褪下了廉价的 T 恤和球鞋，PU 质地的包包；她穿上了剪裁得体的黑色连衣裙，把娇柔的肌肤衬托得更白皙无瑕；她的微笑动人心弦，脸庞上散发着柔和愉悦的光芒。

“嘿！”白奕燃从菜单里抬起头，看见站在前方的文宁，站起身来对着他招招手，“我在这里。”

“好久不见。”文宁觉得自己的嗓子像是被一勺花生酱堵住了。他想让自己看起来更自然一点儿，不那么紧张，适当炫耀一下男性的魅力。服务员帮他拉开了凳子，他被这个殷勤的服务弄得有些不知所措。

“希望你不介意我选择这家餐厅。”

“没事儿，你喜欢就好，我什么都吃。”

“太棒了。”服务员为文宁递上一份菜单，白奕燃正在向他介绍着这家餐厅的水牛芝士饺子很不错。谁会在乎饺子呢？最好吃的饺子难道不应该是老满家配蒜吗？

她手上的钻戒闪亮得几乎让他没法思考，那颗明亮的主钻散发出的光芒毫不留情地宣示着她的富裕、幸福，当然，还有他的失败。

“你最近过得怎么样？”白奕燃点完菜以后，终于把话题落在文宁的身上。

“还行。”文宁含含糊糊地一笔带过，“你呢？”

“没有什么特别的。在家里看看书，读读文献，做做公益。打算明年申请一个 PHD。”

“挺好的。”

“你还在做互联网的项目吗？我最近读了几个科技报道，现在社会化媒体和 BI[1] 方向还挺热门的。”

“算是吧，现在是赚钱的好机会。我打算今年买辆宝马 7 系，”文宁故作轻描淡写地说，“只可惜，现在摇号还真得靠运气啊。”

“嗯，是啊。”白奕燃不经意地皱了皱眉头。

---

1 Business Intelligence 的简称，即商务智能，它是一套完整的解决方案，用来将企业中现有的数据进行有效整合，快速准确地提供报表并提出决策依据，帮助企业做出明智的业务经营决策。

在他们见面之前，梁小圆和她说了许多文宁的近况。自从文宁的公司破产、欠下员工的工资，他在西藏待了一段时间回来，就开始染上了一种令朋友尴尬的毛病——吹牛。

文宁夸张地吹嘘自己拥有几十个员工，在某某地方开了分公司，或者故作无奈地感慨北京 CBD 区域的公寓太多，买房的时候不知如何下手。

朋友们当然不会相信文宁的话，他看起来糟糕透顶，每次吃饭都以各种理由不掏钱。梁小圆和文宁是邻居兼发小儿，她知道文宁每个月赚不到 3000 块，其中的 1000 块还是父母补贴给他的。

每个人都出于社交礼仪不去揭穿他，理所当然地，他认为自己瞒过了所有的人。但是吹牛这件事就是这样，一旦开始了第一个，就无法停下来，只能继续说第二个、第三个、第四个……生活变成戴着假面具的独角剧舞台，他是这场戏的主演者。所以，他每读一本书、路过一次新光天地，都会拍一张照片发到朋友圈里，努力地把这个戏编得绘声绘色，争取早日夺得奥斯卡。

这种落寞和心酸，只有吹牛者才能体会啊。

/ 三 /

文宁仔细地观察白奕燃是如何使用面前这一排刀叉，他不希望露馅儿，至少不想表现出自己是第一次吃这种高级的食物。

“我不知道你喜欢吃西餐，记得你以前特别喜欢吃南城的烤冷面和炸灌肠。”

“现在吃不了这些，”白奕燃熟练地在T骨上剔下一块牛肉，摇摇头说，“医生建议我少吃油腻的东西。”

“活得那么仔细干吗？该吃吃，该喝喝。我昨天刚去了咱们以前常去的烤串店，还来了点儿小酒。”

“我倒不是仔细，是现在真的不喜欢吃那种东西。怎么说呢？年纪大了就对小吃路边摊儿没什么兴趣，看到人多就心烦，宁愿找一家品质好点儿、安静点儿的地方。”

“所以，你就来吃这玩意儿啊？冷冰冰的，还没什么肉。”文宁觉得很不舒服，尖锐地反击了一句。

对小吃路边摊儿没什么兴趣？她忘记自己以前多爱吃外酥里嫩、撒满孜然和椒盐的馒头片？她忘记是谁在冬天的夜里，总去李记来一碗热乎乎的麻辣烫？

“不对你的胃口？你需要再看一眼菜单吗？”

“算了。”

“好吧。”

白奕燃低下头继续处理着碟子中的食物，心里暗暗地叹了一口气。他还是那么敏感，习惯性地把一句话解读出多余的含义。换作是以前，她也许会拍桌子跳起来反驳几句。

“你这次回国主要是办事，还是看朋友？”文宁主动打破了他们之间的沉默。

“办事。我业余时间在英国一家 NGO 工作，主要是帮助弱势群体。他们这次想在国内做一家活动，所以我可能会在北京待 3 个星期左右，给他们帮帮忙。”

“我不知道你还关心公益。”

“我以前也不怎么了解。我老公是教人类学的，我跟着他参加了几次公益活动，也觉得还不错。能帮到别人的感觉特别好。”谈到老公，白奕燃脸上流露出淡淡的笑意。

文宁不喜欢白奕燃脸上的笑容。他不喜欢看着她处处表现出养尊处优的生活态度，他不喜欢她的珍珠耳钉和钻戒。

这是他们约定好的生活，要赚钱，移民，获得别人的尊重，她却甩了他，和一个不知道从什么地方冒出来的学者过上了这种梦寐以求的生活。

“救世主心态。”嫉妒和愤怒的情绪像海水般洗刷着他的肉体和灵魂，他迫切地想找出点儿语言占据谈话的制高点。

“什么？”

“我说，你这是救世主心态。”

“我不在乎这个是什么心态，能帮到别人就好了。”

“呵呵。我还是比较信仰丛林法则，弱肉强食。”

“可是……这个社会并不是森林啊。”

“你做的事情是无谓的努力。”

“我不认为。”

“等你经历的事情多了就明白了。”这是文宁的口头禅，每次他们发生争执，他会用这句话粗暴地结束交流。

这个家伙还是那么可怜可恨。白奕燃心里叹了一口气。

在他们两年的恋爱和合作伙伴的关系中，只要她提出一些意见，出现一些小失误，文宁就会立刻摆出长辈的嘴脸，滔滔不绝地说上一大堆看似华丽却没有什么逻辑的道理。如果白奕燃占理，他就会粗暴地来一句“你现在还不成熟，等你经历的事情多了就明白了”，终止彼此的谈话。

梁小圆问过白奕燃，为什么能和文宁这种奇葩的男人在一起两年多？

白奕燃思考了很久，最终找到了答案——那两年里，文宁不断给她讲大道理，不断地批评她，即使这些话特别没有逻辑，说得多了也自然有洗脑的作用；然后，她开始认为自己不够好，认为自己配不上更好的男人和生活，文宁则是她唯一的选择。

“不明白的人是你吧。明明不是食物链最顶端的人，也不是既得利益获得者，到底哪里来的自信认为帮助弱者是无谓的事情？”

“装什么道德高尚？”

“你说这种话太过分了。”

“我们分手的时候，你一声不吭就走了。”

“所以呢？”

“我在你们公司楼下求你，我去你家找你，你见都不见。我回你老家去找你，你就让你爸直接报警。你到底多狠心啊？你现在还谈道德？”

“你没有必要这样做。何况，这件事情和道德没有关系。”

“你以为公司倒掉你就没有责任吗？你没有想过，公司是我的心血，是我的一切。”

“没有责任。”白奕燃用小勺子挖了一块提拉米苏，冷静地阐述着自己的观点，“我们分手的时候，我没有拿走公司里的一分钱、一个客户，连一支笔都没有拿。我信任你，把钱都放到你的账户了。我想把我的钱要回来，你却不同意，理由是你的公司要发展。我们一起租的房子，你也不愿意让给我，直接让我滚蛋；我租房子的钱是向梁小圆借的。幸亏我是 P 大毕业的，还能找到一份像样的工作。所以，我想问，我到底有什么责任呢？”

“你都和我分手了？你还指望我能对你怎么样？我告诉你，谈恋爱是你情我愿的事情，并不是谁欠谁的。”

“我不觉得你欠我什么，我也不指望你能做什么。至于你把责任推到我身上，没有关系，但是这个对你看清自己、发展事业没有任何好处。”

“我恨你。”文宁迫切地需要一个情绪发泄口，她的冷静和若无其事，彻底地激怒了他。

“你恨我什么呢？”

“你别觉得自己没有责任。你敢说我没有对这段感情付出过？”

“有什么意思呢？你真应该学学逻辑。”白奕燃疲倦地摇摇头，“就好像你骂小孩子‘你怎么打破杯子了？’小孩子说他没有；你就问他‘上星期你不是逃学了吗？’，把两件毫无关系的事情放在一起有意思吗？这么多年了，你怎么一点儿长进都没有？”

“你是不是也恨我当年对你不好？”

“你是对我不好。我爸爸给我寄了200块，我高高兴兴地去剪头发，你指责我为什么不把钱给你投入到公司的运营里；你和我分手，我为了求你差点儿跪下了，你一句话不说就摔门走了。你在游戏里喊别人‘老婆’，我哭了好多天却不敢质问你。你对我的差劲让我看见了自己的软弱，与其说你对我不好，倒不如说是我自身的缺点迫使我选择了你。说难听点儿，我从小就是个爱读书的包子，不敢反抗。”白奕燃继续抿了一小口气泡矿泉水，“我不恨你，以我当时的个性，必然会遇到不好的人，不是你也是别人。相反，我要感谢你，把我逼到悬崖边上，才会鼓起勇气重塑自己的个性。恰恰是你恶劣的行为，造就了我今天的幸福。”

/四/

这次再见面一点儿都不愉快。

文宁知道自己毫无风度，颜面尽失，找了个借口去卫生间，用凉水洗了把脸，努力让情绪平复下来。镜子里的男人看起来糟透了。粗糙的皮肤，头发湿漉漉的，搭配着身上这件格子衬衫就像是一个故作聪明的笑话。该死的，他心里恨恨地骂了一句，这和他幻想的场面差得太远了。

当他回到座位上，白奕燃正把一张花旗银行的信用卡递给服务员。他想为自己争回点儿面子，最差也来个 AA 制，不过当他不经意瞄到账单的价格，禁不住悚然一惊，光是服务费就够他一星期的生活费了。

离开餐厅的时候，文宁跟在白奕燃的身后。他知道自己在期待一些什么，比如说白奕燃怒气冲冲地和他吵一架，或者伤心地流眼泪，训斥自己是负心汉、人渣什么的，无论做什么都行，只要不是现在这样——谈笑风生地介绍旁边品牌店的新款天文表的设计，还有北京近期有哪些值得看的艺术展。

“要我带你一程吗？”白奕燃走在马路边上，伸手拦下了一辆出租车，“你还住西城吗？我住在金融街附近，带你还挺顺的。”

“不，不用了。我……我还约了其他的朋友。”

“好吧，那有机会再见吧。”

“嗯。”

“对了，”文宁叫住了正准备上车的白奕燃，“最后，我有事情想问你。”

“什么事情？”

“你爱过我吗？”

白奕燃目瞪口呆地看着他，过了一会儿，突然爆发出爽朗清脆的笑声。“你在开玩笑吗？还在纠结这种事情？”她拍拍胸口，装出努力维持镇定的模样，“我忘记了。”

“好吧，我知道了。”

“再见，多保重。”

“你也是。”

所有的旧情人见面，无非是想再续前缘，或者是看到对方过得不好就安心了。有人是属于前者，而白奕燃某种程度上说，是属于后者。

白奕燃坐在出租车上，她长长地舒了一口气，戴上耳机听起巴赫的无伴奏大提琴。

文宁看着绝尘而去的出租车，在原地愣愣地站了十几分钟。他期待的见面不是这样的，在内心深处，他默默期待自己仍然能对白奕燃造成一些影响。他能接受白奕燃嫁给了别人，他能接受白奕燃恨他，唯一不能接受的是，白奕燃不再记得，不再在乎他们共同经历过的事情。他成了彻头彻尾的路人甲，在白奕燃的心中，没有任何一个特殊的位置是留给他的。

我可能这辈子都忘不了这个女人。最终，文宁带着百感交集的情绪，无可奈何地坐上了一辆回家的公共汽车。

以邓文迪为偶像的女人

/ 我要过上有钱人的生活 /

隋媛媛靠在地铁车厢的角落里，努力地躲避着前方男子散发出来的臭味，他身上散发着一种令人窒息的臭味，嗯，像是鱼肉抹上大蒜，放在阴暗角落里腐烂后的味道。旁边一个40多岁的女人满头大汗，紧紧地贴在隋媛媛的手臂上，她努力地往后靠，尽量不触碰到那坨潮湿的赘肉。

我要过上有钱人的生活，隋媛媛在心底默念。

早在隋媛媛还年幼时，这个想法已经萌芽。她说不清楚这种愿望是怎么产生的，到了青春期，她开始对父母的生活产生了质疑。母亲是怎么做到的呢？为了节约几毛钱，非要和小摊小贩争个面红耳赤；亲戚聚会的时候，总和别人抱怨自家的老公不争气，说一些家长里短的破事儿。这么多年来，隋媛媛从来没有看过母亲买过一件像样的衣服，总是在农贸市场里看到什么便宜就买什么。

离开家乡，到一线城市去生活是隋媛媛的梦想。她在考研时期铆足了劲儿，终于考上了北京某所高校的新闻专业。她买了一本邓文迪的传记放在床头，提醒自己避免与无聊的小男生纠缠，而要把时间放在更能产生效益的人身上。她无数次憧憬过毕业后的生活，去一家不错的媒体工作，拿着良好的收入，结交有层次的社交圈，周末和京城里的黄金单身汉出去约会。

“喂，你往里头再挤挤啊，这么多人呢，你一人占着老大个位置合适吗？”

“我怎么就占着老大的位置啦？我都没下脚的地方了。”

“你往左边再走走，我这边挤着难受着呢。”

“没法儿走了啦！地铁不是您家的，怕挤您别坐地铁，您开车去啊。”

“嘿，你这人会不会说人话啊？”

…………

隋媛媛侧过头，越过拥挤的人群看见一个穿着时髦的办公室白领正和大爷吵了起来。大爷操着一口干脆的京骂，女孩也不甘示弱，脸涨得通红地还击。

她心底再次浮现出长久以来的困惑，我什么时候才能出人头地？同班的学渣靠着家庭背景毕业后能去最好的媒体工作，我却在该死的留学机构里当顾问，伺候着一群有钱人家的熊孩子，每个月赚的钱交完房租就所剩无几。现在，唯一能改变生存状态的事情就是——紧紧抓住王博。

下了地铁车厢，隋媛媛深深吸了一口空气，感觉好多了。她径直穿过地铁走廊，出了地铁口，抵达了上班的写字楼。等电梯的人很多，红色的灯“叮”一下亮了起来，沙丁鱼般的人流像赶着什么似的，拼命地往里面挤。

上班的时间还没有到，办公室里有几个同事正坐在旁边的座位上说着什么好笑的笑话，艾米丽·吴发出一阵阵放肆的笑声。隋媛媛心里升腾起一股说不出来的厌恶，她不喜欢艾米丽·吴和她的小团体，同样，她们也不喜欢隋媛媛。

艾米丽·吴也是留学部的顾问，她有一张颇有女人味的脸，再搭配上浓妆和亮色甲油，还有剪裁得体的裙子，看起来不像是要上班，而是要去赶通告的。她本来就个性张扬，去年，她嫁给了一个中关村某个IT公司的高管以后，更成了办公室所有女生的仰慕对象。大家总是没事儿就围着她聊天，求她介绍靠谱的相亲对象。与其说讨厌她张扬的模样，倒不如说有些嫉恨艾米丽·吴白捡了这样的好男人和生活。

/ 不光彩的第三者 /

“宝贝，我订了餐厅给你庆祝生日。”隋媛媛点开了QQ，王博的对话弹了出来。她嘴角不经意地流露出不易觉察的弧度，敲上了一行，“亏你还记得。”

“我当然记得，宝贝的生日我怎么敢忘记呢。”

“算你还有点儿良心。今晚几点？”经历了早上的心情波动后，隋媛媛迫切地想和王博见面。他是她目前生活中最重要的精神支柱。

“7 点左右怎么样？我今天开车，估计高峰期会有点儿堵。”

“没有问题，7 点见吧。”

尽管只是和王博简单地说了几句话，隋嫒嫒也觉得心情稍微好一些了。说起来，他们在一起经历了那么多以后，王博大概就真的是那个人了吧！

她和王博在一次旅行中相识，他是一个英俊高挑、行为得体的银行家，笑起来的时候脸颊上会浮现出好看的小酒窝，眼神里总闪耀着水润的光彩，明媚得像是夏日的阳光。

他们一见钟情，然后开始了为时两年的交往。美中不足的是，大概有一年零十个月，她都在扮演小三的角色。直到两个月前，王太太发现先生一直在出轨，在几次不愉快的争执后，她直接从 18 层楼一跃而下，当场身亡。

隋嫒嫒听到这个消息的时候，先是觉得震撼，随之而来的是愉悦，好运气马上就降临到自己身上了。她不用再咄咄逼人地问王博“你什么时候离婚”，而他也不用再撒谎说“等时机到了”。

交往的第一年，隋嫒嫒相信王博真的会离婚，他那一脸饱含爱意的诚恳眼神和随时送上昂贵的名牌包包，怎么能让人不相信呢？

她第一次绝望地发现王博并不会离开王太太是在去年的情人节，

她忘记他们之间是由于什么事情争执起来了，王博显得很暴躁，不断嚷嚷着："我来你这儿只想要点儿开心，就这么简单！懂吗？！"在那一瞬间，她真的懂了。他想要的是快乐，而不是沉甸甸的责任。

在那次争执之后，隋媛媛通过网络搜索到王太太的社交媒体账号，更是验证了"王博肯定不会离婚"的猜想。王太太看起来应该是有良好的出身，光从她的笑容就能看出来，一副完全没有经历过风霜和挫折的模样，无忧无虑到令人嫉恨的程度。她的微博内容大部分都是做美甲、旅行、买衣服、晒美食的照片，王博会在下面和王太太互动秀恩爱，说几句年轻夫妻之间特有的情话。

在很长一段时间里，隋媛媛觉得王太太是一个强大、不可战胜的对手。遗憾的是，赢家往往不属于力量最强大的人，而是属于那个活得比较长的人。

/ 不结婚就分手 /

"你的生日礼物，"王博递给隋媛媛一个小巧精美的天鹅绒盒子，"打开来看看吧。"

隋媛媛心脏猛地漏跳了一拍。

每个女孩都知道天鹅绒盒子里的东西意味着什么，它象征着厮守与承诺，它象征着爱与甜蜜；它象征着灰姑娘终于可以褪下肮脏破旧的衣服，从此过上安稳富裕的生活；它象征着焕然一新的人生，足以眼前的男子穿着好看的白色衬衫，眼神里尽是缠绵的温柔与浓情。她害羞地避开了王博炽热的眼神，伸出纤细的指尖握住那个天鹅绒的盒子，缓缓地打开它……

“喜欢吗？这是我在巴黎出差时买的小坠子，”王博没有注意到隋媛媛煞白的脸颊，流露出得意的神情，“我是在 Van Cleef&Arpels[1] 买的，店里有一个俄罗斯人也想要，不过，我的动作更快。”

“王博……”隋媛媛沉默了许久，紧紧地咬住下嘴唇，“你有想过和我结婚吗？”

“结婚？为什么突然提起这个？”

“我今年已经 27 岁，再不结婚就来不及了。”

“都什么年代了？你看 Vera Wang 已经五十多岁了，也不知道多少男人争着抢着要娶她。”

“我不是 Vera Wang，”隋媛媛深深地吸了一口气，“我也成不了那样的女人。”

“那你想怎么样呢？”王博尽量掩饰着语气中的不耐烦。

“我想结婚。”

“现在不是结婚的时候。如果我现在和你结婚，外面的人会怎么看我？别人会说‘那个家伙的太太尸骨未寒，他就不知道上哪儿找了

---

1 即梵克雅宝，法国高级珠宝品牌。

个女人结婚了'。"

"那什么时候才是结婚的时候？"

"我不知道，得看具体情况，再等等。"

"你不知道？"隋媛媛心底泛起一阵凉意，"两年了，我们在一起两年了。"

"宝贝，你别生气，"王博抓住隋媛媛的手，摆出殷勤的模样，"这不是得挑个合适的时候吗？这星期我去三亚出差，你也一块儿来吧，咱们痛痛快快地度个假。"

"我最后再问你一次，你愿意和我结婚吗？"隋媛媛抽回手，静静地看着王博，"你愿意吗？"

"怎么又说起这个了，今天你生日，就不能聊点儿开心的……"

"我就高兴聊这个，"隋媛媛坚定地继续着这个尴尬的话题，"你愿意吗？"

"你就不能不闹腾吗？我订这个餐厅可不容易了，这儿还有你最喜欢吃的水蛋炖牡蛎。"

"你愿意吗？"

"你别闹了。"

"你愿意吗？"

"宝贝，你就不能放过我吗？"

"你愿意吗？我再问你一次，你是个男人就坦坦荡荡地回答，你愿意吗？"隋媛媛激动地提高了声调，"躲躲藏藏地算什么玩意儿？"

"我不愿意！"王博被她咄咄逼人的追问激怒了，"我当然不能和你结婚，我爸妈怎么想？我朋友怎么想？你以为结婚是闹着玩儿？你觉得他们会允许我娶一个三线小县城、一个月赚几千块钱的小白领？没错，我很喜欢和你待在一块儿，但是这个和结婚没有关系。”

“浑蛋！”隋媛媛拎起包。转身之际，她似乎觉得这样还不够，拿起桌子上的盒子用力地扔到他的身上，“我要和你分手，咱们俩从此一刀两断，你永远不要再来找我！”

/ 意料之外的爱情 /

“你很美。”陆嘉南见到隋媛媛的第一面，发出了令所有女人都会感到欢愉的赞美。

隋媛媛脸泛起淡淡的红晕，然后含蓄地低下头：“谢谢。”

王博像是彻底消失了一样，他没有给隋媛媛打过一通电话，就连一条短信也没有。倒是隋媛媛按捺不住，给王博打了几个电话，结果都转到了人工提醒。她还去王博公司找过他，前台说王博调离北京总公司了。

她花了四个月的时间才接受王博彻底离开的现实，打起精神去寻找新对象。她明白，沉沦下去没有任何好处，想要改变自己的现状，就要努力去约会，去认识靠谱的男人。

陆嘉南就是在这种时刻闯入了她的生命，说起来很有趣，他们竟然是在微博上认识的。隋媛媛有写微博的习惯，陆嘉南不知道通过什么渠道关注了她，在这段日子里常常给她留言，两个人后来聊熟了，就互相发起了私信，还交换了联系方式。

她不是那种愿意随便把联系方式给陌生男人的女生，她只会把时间花在有价值的人身上，陆嘉南刚好符合了这条标准。

他在微博上的签到地点总是在国外的高级度假酒店，喜欢转发*Harvard Business Review*[1]的文章，开着一辆奔驰 SLK 跑车，最喜欢的歌唱家是菲利普·雅罗斯基[2]。以上种种迹象，都指向这个男子是受过良好教育的高富帅。

“晚上出来喝咖啡吧。”某个下午，陆嘉南给隋媛媛发了一条微信。她想都没有想，立刻撇下工作，跑到楼下的百货公司买了一条像样的裙子和与之搭配的高跟鞋。

她不是什么激素上脑的无聊女青年，她有目的、有战略、有构思，约会不仅仅是为了寻开心，而是为了某个实际的目的。

“我很喜欢这家咖啡店。”隋媛媛选择了一个比较谨慎的话题作为开场白。

“很高兴你能喜欢。”陆嘉南扬起下巴，微微挑起眉，“这家店不会放一些奇奇怪怪的音乐，东西也很好吃。”

1　即《哈佛商业评论》。

2　法国著名假声男高音歌唱家。

“对了，有件事情想问你。”

“嗯？”

“为什么会在微博上关注我？”

“不知道。大概是某种奇怪的特质吧。”

“特质？”

“我刚注册新浪微博，系统会自动推荐一些人，大概是十几个吧，具体我已经记不太清楚了。然后，我就看到你头像，顺手就关注上了。”

“然后你就和我聊起来了吗？”隋媛媛半开玩笑地试探，“你喜欢在网上和女生聊天？”

“不是，”陆嘉南皱起了眉头，“我觉得你写得很有趣，就试着评论。我并不喜欢也不擅长和陌生人沟通，你是第一个。”

我是第一个。隋媛媛心里泛起一阵甜甜的滋味。“谢谢。”

“不客气。”

陆嘉南很博学，从旅行到汽车引擎，从商业到艺术，统统都了如指掌。他的迷人之处并不仅限于他的智慧与学识；他那独特的嗓音，如同弦乐般缠绵悦耳；他苍白冷峻的脸庞，线条分明的五官，足以让每个少女都怦然心动。他并不是传统意义上的美男子，但是当他站在人群中，没有人能把目光从他身上挪走一分。

“你的嘴角沾了奶油。”陆嘉南拿起餐巾纸，伸手轻轻擦拭着隋媛媛的嘴角。陆嘉南冰凉的指尖划过隋媛媛脸颊的肌肤，她感觉到脸颊滚烫发红，心跳得像是失去控制的小鹿。

“现在好了。”

“谢谢。”隋媛媛只觉得口干舌燥，脑子空白。她需要来一杯冰水，好好地冷静一下。

“你有男朋友吗？”

“啊？”

“你有男朋友或者正在约会的对象吗？”

“没有。”

“如果你不介意，我认为我们可以试试。”

隋媛媛搞不明白眼前的情况，只要是正常的女人就绝对不可能接受第一次见面的男子发出的交往请求。这是不安全的。

错过这次就没有机会了。

我应该矜持一些。

我时间不多了，我应该更主动一些

…………

多种情绪在隋媛媛的胸口放肆地蔓延，陆嘉南的目光让她意识到，眼下最有利的选择就是放手一搏。

她选择卸下女性自我保护的本能，忽视内心的不安，说出令陆嘉南欣慰的答案：“好啊。”

/ 无懈可击的完美男友 /

隋媛媛曾经短暂地感到过不安，但很快就放弃了这个想法。陆嘉南的每一个行为都说明了他是一个无懈可击的男朋友。

在他们的交往中，他总会不定时地为她做点儿浪漫的事情，接她上下班，兴致好的时候，他甚至会为她煮一些简单可口的食物。

“你对我太好了。”

“保护你是我的职责。”陆嘉南总是这样说。

陆嘉南在家族企业里工作，他的应酬很多，但总是抽出时间来陪伴她，毫不厌烦地听她抱怨不顺心的事情，并且饶有耐心地安慰她。

“你不需要去工作，一切都有我。”

“不要生那些人的气，你比他们好太多。”

隋媛媛感激陆嘉南的爱，他带给她从未预料过的温暖与爱意，这些感受她甚至没有从父母那里得到过。她甚至想，如果陆嘉南失去了一切财富和地位，自己应该仍然会继续爱着他吧。

某种程度上说，她有些为自己的聪明和敏锐感到自豪，她并非是靠着好运得到现在的生活，应该说，她值得这一切。

“这是我的女朋友——隋媛媛。”陆嘉南喜欢带她去参加朋友聚会，他并不忌讳公布他们之间的关系，大方地介绍新的社交圈给隋媛媛认识。她喜欢他的朋友，每个人都很亲切，贴心，教养良好。

“你们打算什么时候结婚？”他们一群人正坐在酒店的露台上享用着午餐，坐在最右侧染着棕色头发的女生侧过头问隋媛媛。

“这个要问他呢。”隋媛媛脸颊上泛起害羞的红晕，快速地看了陆嘉南一眼。

“随时。”陆嘉南懒洋洋地吸了一口果汁，在餐桌下握紧了女朋友的手，“你想什么时候？”

“我也随时啊，”隋媛媛做出轻松的姿态，“我才不是那种逼婚的女人。”

“是吗？”

“当然。”

“那……”隋媛媛疑惑地看着陆嘉南推开椅子，站起身，他缓缓地从上衣口袋里掏出一个小盒子，单膝下跪，“媛媛，你愿意嫁给我吗？”

这是真的吗？隋媛媛凝望着陆嘉南温柔而深情的眼神，她感觉到不真实和幸福感交织成某种物质，在体内疯狂地爆破。

阳光，午餐，高级的社交圈，帅气而富有的男朋友，自己是怎么在一瞬间就拥有了那么多？所以，苦苦挣扎、处心积虑地谋划还是有用的吧？所以，只要不择手段地往上爬，抓住每个机会，就能改变命运了吧？

“我愿意。”隋媛媛的眼眶噙着晶莹剔透的泪花，说出了一句有可能改变她一生的答复。

/ 梦醒了 /

“天啊，你穿上婚纱的样子太漂亮了。”

“是啊，真的太漂亮了。”

“好羡慕你啊，能嫁个这么好的老公。”

“以后有机会也要介绍好男人给我们啊……”

…………

隋媛媛坐在酒店更衣室里，满意地享受着朋友们对她的殷勤和恭维。她凝望着镜子里的自己，完美的妆容，昂贵奢华的白色婚纱，光泽柔润的珍珠项链。她的眼眸中绽放着迫切与狂热的光芒，她已经等不及成为陆太太，只要完成这个婚礼，她就可以理所当然地分享陆嘉南的一切，从此和无趣尴尬的前半生彻底告别。

“隋小姐，时间到了。”婚礼公司的员工打断了隋媛媛的思绪，她摆出温柔的笑容，跟随着工作人员离开了更衣间，穿过了长长的走廊，抵达举办婚礼的那片草坪。

当隋媛媛走出来的时候，宾客发出了欢呼和掌声，管弦乐团拉奏起德彪西的《g 小调弦乐四重奏》，陆嘉南安静地站在前方，微微眯起眼看着自己的新娘。

多么幸运。隋媛媛紧张而小心翼翼地走过红地毯，很快，她就要把手交给这个男子，然后他们将会深爱彼此，厮守终身。他们会住在顺义的别墅区里，生两个聪明可爱的孩子，每年去欧洲度过美妙的亲子时光。

婚礼主持人是一个和蔼可亲的中年牧师，他念了一段长长的拉丁文，大概是祈祷主的恩赐，给予这对新人祝福。随后，他扭头问陆嘉南："你是否愿意娶隋媛媛为妻……爱她、安慰她、尊重她、保护她，像你爱自己一样。不论她生病或是健康、富有或贫穷，始终忠于她，直到离开世界？"

"我——不——愿——意。"陆嘉南抛出的答案，像是一个惊天炸雷在宾客中炸开了锅。

隋媛媛被这个突如其来的意外彻底打蒙了，她无法思考，大脑一片空白，迟疑地吐出了几个字："亲爱的……你怎么了？"

"2 月 10 日，这是一个我永远不会忘记的日子。"

隋媛媛意识到自己在浑身发抖。陆嘉南到底在说什么？他想做什么？他眼眸中的温柔和爱意消失得无影无踪，取而代之的是令人战栗的冰冷与决心。

"你……到底在说什么？"

"把别人的生命和痛苦都不当一回事儿，总想踩着别人往上爬，"陆嘉南的声音并不大，但足以让台下的宾客听得一清二楚，"这不就是你的小心机吗？当小三害死别人还能若无其事地继续寻找幸福，你到底是怎么做到的？”

“事情不是你想的这样……”隋媛媛心底的希望正在不断崩塌，她看见宾客正在窃窃私语，艾米丽·吴正用一副看好戏的讥讽表情盯着台上发生的一切。她后悔不应该请那么多人，天知道，她几乎把通信录里能邀请的人都请过来了，还有一些八竿子打不着的亲戚。

“那事情是怎么样的呢？”陆嘉南勾起嘴角，发出一声冷笑，“想说自己是无辜？是被勾引？还是想假装自己被冤枉了？还是以为做什么事情都会神不知鬼不觉？法律不能惩罚你，不代表你可以不为自己做的事情付出代价。”

“你到底是谁？”

“我是谁，”陆嘉南贴近隋媛媛的耳旁，冰冷残酷的声音生生地割裂了她最后的希望，“我是她的哥哥。”

婚礼草草地结束了。陆嘉南甩下了新娘，开着停在草坪上的跑车飞驰而去，他那悠闲熟练的态度，仿佛并不是逃婚，只不过是在某家餐厅吃完饭，正打算回家而已。

宾客之间一片混乱，每个人都没有离开的意思。谁会愿意错过这样漂亮的戏码呢？他们装作关心地问“新娘去哪儿了”“哎呀，到底发生了什么”“天啊，太可怜了”，他们摆出怜悯和关心的姿态只为了更好地获取八卦。无论在草坪上，酒店门口，抑或是冷餐桌旁边，都看得见几对根本不熟悉的陌生男女交头接耳，低声交流着彼此掌握的信息，企图用各种阴谋论让这件事情变得更有戏剧性。

“隋小姐，您看今天婚礼的账单是怎么结呢？”

“先放这里吧。”

隋媛媛瘫坐在更衣间的椅子上，拿起放在棕色盘子里的账单，一张质感良好、纹理精致的艺术纸上印上了一个触目惊心的金额。她的目光扫过这张无法支付的昂贵账单，无意中瞥见大落地镜中的女子。干枯、憔悴、凌乱的妆容，她被镜像中的画面所吸引，深深地凝望着——她看见了什么。

她看见了乏味、平淡无奇的五官，看见粉底下的小雀斑和细纹，过于宽阔的额头显得那么粗俗无趣，细长扁平的单眼皮即使画上眼线也没有显得更迷人；身材不够好，臀部太宽大，手臂太粗，缺乏灵巧迷人的劲儿。她看见内心深处的空白虚无和永无止境的渴望，她还看见了艾米丽·吴指指点点的讥讽笑容，还有陆嘉南讽刺冷酷的表情。

第一次，她真正地看懂了——看懂了自己，也看懂了这个世界。

幸福就是还有的选

/ Nancy 蒋的前世和今生 /

第一次遇到 Nancy 蒋，是在我 14 岁那一年的暑假。

她是我妈妈中学时代的好朋友，从年龄上说，我应该称呼她为蒋阿姨，但是在她的要求下，我只能叫她 Nancy 或者 Nancy 蒋。

我们之所以会相遇，是因为那年夏天我不知道从哪儿看了一堆旅行攻略，嚷嚷着要去西藏旅行，妈妈认为西藏太危险，而我也毫不退让。作为妥协条件，她允许我到莱比锡度过整个暑假。

我抱着愤愤不平的想法飞往德国，开始脑补自己将要和一个 40 多岁的女人度过整个暑假。我从来没有和她见过面，不过在我一厢情愿的印象中，她应该是一个刻板、无趣的女人，谁能指望长辈会是有趣的呢?

当我见到 Nancy 蒋的第一眼，就知道自己彻底想错了。

我至今仍然记得她的穿着打扮，她穿着一条天蓝色的低胸长裙，涂着淡粉色的唇膏，手里拿着一个小巧的信封包。她不是令人惊艳的大美人，但优雅得无懈可击。她看见我的时候，伸开双手友好地抱抱我，说了一句“欢迎来到德国”。

Nancy 蒋住在郊外的小别墅里。房子倒不算太大，不过布置得很有格调。

我尤其喜欢客厅里的施坦威钢琴和一墙壁的唱片，足以让我度过一个舒服的下午。她曾经是唱片公司的经纪人，现在经营着一家不大不小的工作室，时间很宽裕。没事儿的时候，她还会下厨做一些渍鲤鱼、烤香肠之类的食物。

我们很快就混得很熟络，Nancy 蒋也不介意和我分享自己的人生经历。

早在 20 世纪 80 年代，Nancy 蒋和我妈妈一样，离开了自己生活的小镇，到大城市里去寻找自己的人生。像许许多多人一样，她在工厂、餐厅等地工作，但是她并不满足从事服务业，她开始自学外贸知识和外语，后来成功在一家贸易公司获得了一份文员的工作。

在工作场合中，她结识了自己的前夫。他在沿海城市有几家自己的工厂，做着出口国外的服装、鞋子等。这段婚姻很顺利、很幸福，直到她 30 岁的那一年，她的前夫和一个唱民歌的女人出轨了。

“听到这种事情，我不禁一哭二闹三上吊，我还在电视台门口埋伏着堵小三，”Nancy 蒋摆弄着手中的茶杯，好像说起一件有趣的事情，“我上去和她打了一架，把她的衬衫都撕坏了。”

“然后呢？”

“然后，我就把自己搞得一团糟。”

Nancy 蒋这辈子都没有想过自己会遇到小三，幸福的生活和美好的未来瞬间化为乌有，只剩下忐忑不安、怀疑、焦虑。

前夫不愿意离婚，口头上承诺会和小三断绝关系，实际上却仍然藕断丝连。她这辈子从来没有想过离婚，身边所有人也不赞同她离婚，这样的婚姻在哪儿能找到？这么会赚钱的老公，离婚以后就再也遇不到下一个了吧？现在离婚，再婚有问题怎么办，老了以后谁照顾？身边的亲人和朋友纷纷教她如何挽回老公的心，或者学会忍耐这一切。

她尝试过他们的建议，努力忍耐，忍耐到近乎精神崩溃。最后，她终于提出了离婚。前夫对此很吃惊，夫家的人竟然通过各种手段阻挠他们离婚，最后不得不上诉到省最高法院，才被判了离婚。离婚后，她几乎没有拿到任何补偿金。尽管如此，她并没有沉沦，而是开始学习德语，申请了当地的学校。经过了艰辛的学习和奋斗后，她终于在德国拥有了新的事业、新的社交圈。

“这个，太不容易了……你当时害怕吗？”

“怎么不怕？我怕得要死。”Nancy 蒋笑得明媚动人，“怕没钱，怕老了没人陪，怕离开他日子会过不好。”

“那是什么让你下定决心？”

“我受不了他们教训我的话。连我妈都和我说，男人出轨很正常，女人要忍到他们玩不动的那一天。我一直想，我搭进去的时间根本没有回报，他也不会心怀感激。他们嫌我爱折腾，不能和小三和平相处。其实是他们太难讨好，所以，我决定再也不讨好他们了。”

/ 困住就是不幸福 /

我喜欢和 Nancy 蒋在一起的生活。

她是一个自由自在却又和世俗社会相处得很和谐的人。每天早上起床，都能看见她愉快地坐在餐桌前享受着阳光和早餐。她仿佛从不疲倦，身上永远散发着火焰般的热情。我喜欢对生活抱持快乐态度的人，他们总有办法把一切都变得好起来。

我觉得一切都很好，唯独有些尴尬的是，早上的餐桌上常常出现不同脸孔的陌生男人。他们共同的特点是长相帅气，和善友好。我尤其记得其中一个，大约 40 岁的男人，据说是某个大学的经济学教授，至少有两个星期的早上我都碰见了他。他很风趣幽默，常常帮我们煮一壶香浓的黑咖啡，还会烤很香的 pancake[1]。

---

1 西式甜点，多译为煎饼。

即使当时的我只是一个 14 岁的孩子，但我还是知道“这一切到底是怎么回事儿”。

Nancy 蒋不觉得不安，她会点评男朋友们中谁比较贴心，谁喜欢后现代艺术，谁讨厌乔治·奥威尔……她毫不忌讳地带上我和她的男朋友们一起享用晚餐，她还介绍一切有趣的女生给我认识，鼓励我去看奇奇怪怪的演出。一贯容易害羞的我，在她的帮助下结识了不少新朋友。

“他们都是你的男朋友吗？”某个下午，Nancy 蒋带我去湖边的咖啡店喝下午茶，我终于问出了隐藏在心中许久的疑惑。

“看你怎么定义男朋友，”Nancy 蒋抿了一口咖啡，“我没有固定的男朋友。”

“没有固定的男朋友？”

“嗯，就是双方之间不存在确定、稳定的关系，可以随心所欲地约会自己想约会的人。”

“你喜欢这样吗？”

“当然喜欢。新鲜的事物总能让我热血沸腾。”

“热血沸腾？我以为一心一意会更好。”

“听着，有人喜欢稳定的感情，他们注重的是一心一意、白头偕老；但是我喜欢浪漫，新的约会，可爱的男人。”

“喜好不同？”我好奇地侧着头看着她，“可是，你年轻的时候结过婚，是因为离婚才改变了自己的喜好？”

“不，不是这样，我原本就是这样的人，只是年轻的时候没有发现。我花了很长时间才知道自己适合什么，搞明白自己到底是什么样的人。你曾经做过某件事情，不代表你曾经是那样的人。不过，”Nancy 蒋无奈地笑了笑，“大家都以为我曾经感情受创，才不敢开始稳定的情感生活。”

“稳定的情感生活哪里不好？”

“我知道这个听起来很奇怪。爱情最好的部分永远在开头的时刻。即使他事业有成、长相英俊，即使你们有足够的钱来维持浪漫，最终，火花仍然会熄灭。你们的话题慢慢会从‘去哪里看歌剧’‘今晚去哪里约会’变成‘冰箱为什么空了’‘今天晚上谁做饭’。我不是说那样不好，我也尝试过几段这样的恋情。只是，它们太无聊了，所以，我逃跑了。”

“那……没有稳定的恋情也可以幸福吗？”我花费一些时间消化她说的话，又抛出了一个新问题，“不会寂寞吗？”

Nancy 蒋放下咖啡杯，严肃地看着我说，“爱情不是幸福的全部。它对幸福而言几乎微不足道。”

“我不明白。”

“爱情和吃饭一样，会让你获得短暂的满足感。不过如果你想一直幸福下去，你就要让自己有的选择。幸福不是拥有某一件事情、某一个人，而是你没有被困住，还有其他选择，并且永远有机会调整自己所处的状态。”

“所以不能被困住？”

“没错，不能被困住。困住就是不幸福。幸福就是还有的选。”

Nancy 蒋和我的对话发生在我 14 岁生日的前一天。在当时，我并不能完全理解她所说的话。但是，我仍对她心怀感激，她的慷慨和友好，让我看到了另一种价值观和生活方式。

/ 过自己想要的生活 /

暑假结束，我回到了家。

在一次亲戚的聚会中，有一些三姑六婆问 Nancy 蒋结婚了吗？我说没有。她们得意扬扬地开始讨论起她的八卦，嘲讽她当初不应该离婚，最后话题又落到自己家的熊孩子和抱怨自己家的老公，絮絮叨叨地吐槽生活中的不愉快。

明明活得不怎么样的人，却敢于理直气壮地聚在一起，指导别人的人生应该怎么活。失败者需要听到人生赢家的龌龊和黑幕来证明“我们都是一样的人”。听着她们怨气满满的话语，突然间，我很想念 Nancy 蒋。

很多年以后，我开始理解她对我说的话，我们也在北京见了一次面。

她仍然那么优雅，那么精力充沛，陪伴在她身边的是一个年轻英俊的新晋画家。午饭过后，我们在酒店 63 层的酒廊不合时宜地喝了一杯酒。

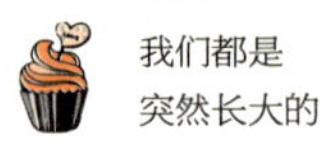

看着已经五十多岁的 Nancy 蒋仍然拥有明媚眼神和开怀笑容，我觉得心里某个地方被打动了，突然觉得生活从来不是被限定好的，女性的身份也不应该是一种束缚，社会身份更不能阻挠我们去过自己想要的生活。

实际上，当我们拒绝被定义的时候，才会赋予生活更多的可能。我或许不会选择 Nancy 蒋一样的三观，但是我会认同她对于生活的态度，这些态度，让她生活得很好、很快乐。

幸福，就是还有的选。这句话，我想我会记一辈子。

不结婚，到底会怎么样？

/ 不结婚的姐姐 /

小时候，我一直觉得不结婚是一件很酷的事情。

每次和爸妈说起这个观念的时候，当然会被说一句：“小屁孩儿懂什么，人怎么可以不结婚呢？”幸运的是，我长大以后真的赶上“反逼婚”“单身还挺酷”的时代浪潮，身边也有很多女生觉得两个人生活太麻烦了，一个人多痛快啊，想旅行就旅行，想勾搭小正太就勾搭小正太……总而言之，怎么快活怎么来呗。

夏日到来，我报名参加了瑜伽班，在里面认识了一个姐姐，她今年已经快 50 岁了，不过看起来像是 30 多岁，保养得很好。大概是我们都喜欢音乐的缘故，彼此之间消除了年龄的隔阂，成为了挺不错的朋友。

姐姐是一家外企的高管，说一口流利的英语和法语。她为人很质朴热情，没有那些讨人厌的高高在上的劲儿。有时候瑜伽课结束以后，她会邀请我去喝咖啡，聊聊彼此的生活。她从来不以过来人的姿态教育晚辈，反而对年轻人的所思所想充满尊重和理解。

有一次，我们聊到婚姻和爱情的话题。身为一个不婚主义，也没有任何婚姻经历的她，突然说了一句："无论结婚还是不结婚，都有可能后悔。"

我听到这句话的时候，还挺诧异的。诧异之处并不在于这句话有多么特别，而是大部分的不婚女性都会更为推崇单身的好处，而她却没有这么做。

姐姐是我认识的女人里面，过得最逍遥自在的，她对自己生活满意度绝对是 100 分，快乐写在她的整张脸上。

"我以为你会觉得不结婚比较好。"

"不结婚的好处确实很多，我觉得自己比较适合过单身的日子。不过，如果只是跟着风气而做选择，最后肯定会后悔的。好多女人活了大半辈子，也没有弄明白自己到底适合做什么。婚姻作为一种持久的社会制度，仍然有很多好处的。"她眯着眼睛看着人来人往的风景，懒洋洋地说了这么一句。

"你觉得什么样的人适合不结婚？"

"有能力独自抵御社会风险的人。简单来说，就是你生重病了，一个人能掏得起钱看病；出了什么意外，能一个人扛下来。太脆弱的人，就不太适合单身。”

“经营婚姻也需要坚强啊。嫁个不好的人，还得斗婆婆、斗小三，也挺累的。”

“不一样。”她摇摇头说，“婚姻本身是可以抵御风险的。有一些人天生不能一个人生活，一个人做事情，非得拉上另外一个人才觉得安全。”

“所以，不婚主义的关键是有钱？”

“是的。年轻的时候当然无所谓，人一旦过了30岁，再也经不起来回搬家、生病没钱看医生的痛苦了。毕竟，身体不如当初了。年轻时吃点儿苦挺好的，年纪大了还吃苦，就挺不好受的。”

喝完下午茶，她开车去国贸，我打了一辆车回家。在回家的路上，我突然觉得太随心所欲的生活态度，有时候并不是那么好。人在还年轻的时候，很难会考虑未来的得失，似乎一场热烈的恋情，一场说走就走的旅行，就能让生活过得有滋有味；而年纪大了，若是不想陷入烦琐的世俗生活中，还真的是需要一些底气的。

想要一辈子都活得像少女，不想给男人洗衣服、做饭，现在开始就要往余额宝里多存点儿钱。

/ 逃婚的小宁 /

小宁是朋友圈里的一个萌妹子。她的职业也很萌，是一个漫画家。尽管国内的漫画业颇为尴尬，但是她仍然能养活自己，每年来一趟出国游。

她最近干了一件非常具有戏剧性的事情，按照她的话说就是“这件事情的狗血程度堪比韩国偶像剧”——在结婚前一星期，她逃婚了。理由很简单，她觉得自己不适合婚姻生活。

男方很无辜，他是一个踏实的正常男青年，985 院校毕业，在银行工作，平时勤勤恳恳，除了偶尔打打篮球以外，再无其他嗜好。其中一些热爱八卦的朋友对这次逃婚事件纷纷猜测，从“某某肯定出轨了”一直到“某某有奇怪的癖好”等重口味的推测都出来了，似乎每个人在一瞬间脑洞大开，变成了三流的言情小说家。

事情过去差不多两星期，小宁从泰国回来，约朋友吃饭，见到大家的第一句就是：“我花了二十几年的工夫，终于想明白自己是一个不适合和别人生活的人。”

小宁和我们说起，她的原生家庭非常传统，父母知道女儿没有去当公务员，去画漫画已经是莫大的“不可容忍”，如果不找个男朋友，可能连家门都就进不去。她并不排斥恋爱，也不排斥与男生相处，只是觉得自己需要很多很多的个人空间，无法长时间和一个男生待在一起。

“你们知道结婚有多恐怖吗？ 24 小时和一个男的待在一起，你还得对他负责任！没错，你们别觉得女人结婚不用负责任！哪怕你请得起钟点工，你也得在他伤心失落的时候安慰他！”小宁残酷无情地向我们揭露婚姻的真相。她和男朋友同居了差不多一年的时间，也算在其中悟出了一些心得。

“还好吧，我感觉他对你挺好的，应该在家没少做家务。话说，你难道一点儿都没有体会到恋爱和结婚的好处吗？”坐在旁边的宣怡好奇地问她。

“当然有啊，至少心情失落的时候有人陪，同样，你也要当对方的垃圾桶，要听他分享一些你根本不感兴趣的事情。每次恋爱的开始，我都觉得好棒好棒，到处都是火花；但是无论对方多帅多好，当最开始的那种崇拜感、新鲜感消失以后，就会觉得好累，好厌倦。”小宁可能看出我们马上要吐槽她是一个不靠谱的家伙，便继续向我们解释，“我看过心理医生，他说我这种情况很正常。”

“心理医生有没有告诉你，什么样的人适合结婚啊。”

“好像没有哎，不过我自己有一些心得——能享受婚姻的人，一定要有团队精神，其次，要有钝感力。”

“团队精神？”我插了一句话，“听起来有点儿像做项目。”

“结婚就是一个大项目，得做一辈子才能结束。你们想想看，两个人结婚以后，想要过得好，是不是得互相考虑？是不是得互相扶持？是不是得齐心协力？是不是不能出口伤人？对了，中途还得保持良好沟通，不然肯定得闹崩。筹备婚礼的过程我就想明白了，婚姻这个过程里啊，要考虑太多人的感受，难免要放弃一点儿自我。你们说，是不是得有团队精神的人才适合结婚？”

“但是，不结婚会不会觉得缺少什么？”

“不会啊。”小宁托着下巴做思考状，“有很多有意思的事情啊。我觉得很多人会给予婚姻那么多不切实际的幻想，是因为他们在其他事情里也没有找到什么成就感，所以就以为恋爱结婚能让生活变得有意思。这个怎么可能呢？再有激情也就是几个月的事情，剩下的就是责任和分担。”

“你真的觉得自己不会后悔吗？”宣怡脸上流露出幻想破灭后的表情。她是朋友圈中对婚姻最向往、最渴求的一个。她每年的生日愿望都是遇到 Mr.Right，然后尽快结婚生孩子，过上幸福的家庭生活。

“目前看来不会。我喜欢一个人生活，想做什么就做什么，很自由，不用应付乱七八糟的事情。我觉得，只要学会接受一些孤单，有富足的精神世界，有一点儿小钱，一个人生活远比两个人生活来得痛快。你不仅可以把书房搞得一团糟，还可以在做番茄炒蛋的时候放一大堆白砂糖，都没有人能管得着。”

“太可怕了。”不知道是谁小声嘀咕了一句。我不知道她是觉得婚姻可怕，还是指这种公然拒绝婚姻制度的做法可怕。即使是在现在的社会中，应该还有很多年轻人会觉得不结婚会导致糟糕的人生，可是，这种糟糕真的和婚姻有必然的联系吗？婚姻能把一个快速坠落的人从谷底捞起来吗？坦白说，我不知道。即使我坚信良好的家庭生活对创作、对身心都有很大的帮助，我却仍然不那么确定这个答案。

/ 结婚未必是唯一的选择 /

我和姐姐，还有小宁仍然保持着挺好的关系。

在这两年时间里，她们仍然过得不错，偶尔会谈一场恋爱，却怎样都不愿意改变对婚姻的观念。她们可能会有一些孤单，但是也有了许多留给自己的时间，可以任性地做想做的事情，不用应付别人，专心讨好自己即可。

身边有几对朋友匆忙地结婚，有一些是选了不怎么爱的人，有一些是由于一时冲动；离婚的时候，他们都觉得像是经历了一场世界大战，整个人弄得筋疲力尽。

其他事情我也没有想明白，但是至少我知道，人是没有办法和自己不爱或者不爱自己的人结婚的。随便嫁一个老实人，若是某一天被对方觉察到这份敷衍，这种羞辱感绝对不亚于出轨。

现在想起来，嗯，结婚未必是唯一的选择，不结婚也不会很糟糕呢。

高级的快乐VS低级的快乐

/ 一 /

前辈是一个很厉害的人。

在我还很小的时候，就听过前辈美妙绝伦的演奏。他把大提琴的音色发挥得淋漓尽致，这个人光彩四溢，台下的观众被他的天赋深深折服。演出结束后，我和朋友站在剧院旁边苦苦排队，就为了能拿到一张签名 CD。这张 CD 里的曲目，我听过不下 100 次，即使到今天，我还能随口就把调子给哼出来。

世界上有一种音乐家，他们的演奏中没有“过度勤奋”留下的吃力痕迹，所有的技巧和高难度演奏就像是理所当然一般，轻而易举地就被演奏出来，听起来很轻松，很舒服。前辈就是这样的音乐家，他的技巧和音乐浑然天成，没有亚洲音乐家常见的勤奋和吃力感。

我们的第一次见面大概是在音乐节上。前辈是演开幕式的大师，我是音乐节的志愿者。

至今，我仍然记得那是一个酷热的夏天，走在路上都能感觉到热气直溜溜地往上冒。不知道我当时的脑子是怎么想的，这样的季节应该老老实实地待着吃冰棍儿，而不是跑出来做什么音乐节志愿者，更可气的是，那时候还没有微信朋友圈、微博之类的，辛苦就算了，还没地方可以炫耀自己的高大上。

我当时干的活儿听起来挺炫酷的，往好听说是：“嗯，你知道的，我就负责和艺术家们打打交道，帮他们沟通一些事情啊。”要是变成白话版本，大概就是：“他们排练的时候我盯着，他们喝咖啡我去买，他们要吃饭我订餐厅，他们要打车我去叫车。”就是一个全能打杂工。

前辈看我一副很机智又懂音乐的样子，他问我是否愿意负责他的事务，我当时激动而愉快地答应了。负责音乐节项目的小哥无奈地拍拍我的肩膀，用一种同情的目光看着我。当时我还沉浸在“激动得像条狗”的心情中，尚未读出他眼神中的深意，不过我很快就明白了——前辈简直难伺候到逆天了。

他对工作人员的要求近乎苛刻。咖啡的温度必须恰到好处；复印版的谱子必须用黑色活页夹进行装订；午饭就餐必须要订位，只要等位超过 1 分钟，他就会焦虑大爆发。他不是那种会骂工作人员的人，只是不顺心的时候会摆出一张沉默的脸，陷入纠结的情绪出不来，像我这种很容易内疚的人，就觉得让别人那么痛苦，简直比被骂一顿还惨啊。

每个人都害怕他，恰恰是因为他从来不骂人。他穿着高级定制的衬衫和西服，露出客套的笑容，看起来礼貌优雅，但是如果你不能满足他的要求，你要么就认真补救，要么就等着他取消音乐会，赔钱喝西北风去吧。

如果说买咖啡这种事情是体力活儿，那么在前辈排练的时候负责翻谱子简直就是一项酷刑。排练的时候并非从头拉到尾，连续来几次，他有可能从任何地方开始，在任何地方结束。我必须把厚厚的一叠谱子记得滚瓜烂熟，尤其前辈特别爱使用片段练习法，比如前面还在拉着第 30 小节，下一段他就要练习第 200 小节。他不会精准地告诉我到底在第几页，而只是哼一段乐章中的片段，我就得哗啦哗啦地把那一页找出来。

自从我接下这个工作，连续一个星期没有一天能睡好，每天都活得胆战心惊，如履薄冰。

“你觉得他过得快乐吗？”我曾经问过另外一个资深的音乐节工作人员这个问题，她和国内外很多艺术家都很熟悉。

“谁知道呢？”她耸耸肩，“反正这些年，他好像也没有女伴，深居简出的，没人能猜得透他的心思。”

/ 二 /

帮前辈弹钢琴伴奏的是一个男生，他是大学部钢琴专业的学生，经历了两星期惨痛的虐待后，他得了阑尾炎，不得不住院做手术。新的钢琴伴奏小纬，也是钢琴专业学生，技巧各方面都不错，人也很活泼，就是有点吊儿郎当。

第一天排练的时候，前辈在练习一个华彩片段，那个地方基本上拉了一个下午。练琴和演奏是不一样的，听前辈的演奏是一种巨大的享受；但是听前辈练琴，却是一件特别可怕的事情——他并不是那种依靠本能去行动的艺术家，而是会细细考虑音与音之间的关系，乐句与乐句之间的处理。所以，我们花费了差不多四个小时，就听他在拉一个片段，小纬几乎弹了几百遍同样的段落。

“我觉得挺好的，差不多可以过了吧。”小纬从中午一直弹到夕阳落山，终于不耐烦地嘀咕了一句。

话音刚落，立刻就听到弓和琴弦发出一声激烈刺耳的摩擦声，回荡在音乐厅的墙壁上，又击中我们脆弱的小心脏。舞台的聚光灯照耀在我的身上，可是我却感受不到任何温暖的气息，周围的气温瞬间跌入零度，尴尬与害怕凝结成冰块环绕在每个人的周围。

沉默。还是沉默。这份沉默持续了像有半个世纪那么长，音乐厅里安静得连呼吸声都听不见。

音乐节副总监是一个拥有丰富艺术管理经验的大叔，他似乎也被前辈震住了，瞪着大眼睛看着舞台上的情况。每个工作人员如同被魔法定格，纷纷停下手中的工作，目光齐刷刷地投在我们身上。

“明天，我需要一个新的伴奏。”前辈从乐谱里抬起头，一边对着我说话，一边漫不经心地把弓子放到琴盒里，“今晚，你把候选人名单给我送过来。”

我现在已经记不清楚自己是怎么回答他的，大概是哆哆嗦嗦地回答一句“好的”什么的，匆匆忙忙地把活儿给接下来了。我不知道怎么完成这个任务，但是，我本能地知道——我只能老老实实地答应他所有要求，若是惹恼了他，所有人都不会放过我。

/ 三 /

最终，艺术副总监动用人脉，帮我拉出一份厚厚的名单。里面的钢琴伴奏都有着令人咋舌的履历。我怀疑地看着他，问了一句：“有必要找这种级别的人吗？他们得多贵啊？”他瞪了我一眼：“你要是不让他满意，下次不还得辛苦找吗？赶紧去，我给你报销出租车费。”

我离开音乐厅，去南京西路附近的酒店找他。坐在出租车上的时候，我突然想起自己的梦想就是去念艺术管理，每天做各种高端上档次的国际音乐节；不过经历过这件事情后，我觉得自己再也不想干这件事情了，宁可回家种白菜也不要过这种吓人的生活啊。

当我抵达酒店的时候，前辈已经站在酒店大门等我。他穿着一件白色的衬衫，袖子微微地卷起来，下身穿着一条深蓝色的牛仔裤。抛开他善变挑剔的个性不说，光从远处看真是一个惹人爱的美男子。

“给您。”我从包里掏出厚厚一叠简历，“这些都是我们筛选过的比较好的钢琴家，您可以看看，定下来以后我帮您联系。”

“你吃饭了吗？”

“啊？”我看着正埋头看简历的前辈，对他的问题有些吃惊，“没有。”

“那我们一起去吃吧。”

“可以吗？”

“当然可以。我知道这附近有一家很好的餐厅。”他说。

前辈带我去的那家餐厅，确实是一家很好的餐厅。它坐落在南京西路附近的小巷子里，如果不是熟客，根本找不到这家店。这是一家日本烧烤店，里面的空间很狭窄，最多只能坐十多人。座位是围成一圈的，中间是一个烧烤架，老板是一个30岁出头的日本男人，穿着朋克风的T恤，戴着一个骷髅头围巾，一边忙着招呼客人，一边管理着小工给客人斟茶倒水。

我估计老板是一个喜欢棒球的人，电视里放着棒球比赛，四处还贴满棒球明星的海报，旁边有一桌日本客人兴奋地讨论着电视里的比赛，整个环境闹哄哄的，和高雅精致根本不沾边儿。

“我每次来上海，都会来这家餐厅。”

前辈熟练地点完菜，给我要了一杯冰镇桃汁，自己却来了一扎啤酒。

“我以为您只喜欢桃江路附近的餐厅。”

“你不用对我用‘您’，现在不是工作时间。”

“嗯。”

“下午的事情，”他抿了一口啤酒，“那个钢琴伴奏简直让人无法忍受。”

“他的技巧其实还不错，只不过无法理解作曲家的深意。”

“不是，他的问题不在于能否理解作曲家所想表达的情感，而是，他是一个糟糕透顶的演奏家，不仅丝毫意识不到问题所在，还缺乏基本的职业道德。”

“我觉得这个和他的个性也有关系吧，他平时就是有点儿对事情不太上心呢。”

“音乐学院就不应该把这种人招进来。”

前辈看起来仍然在为下午的事情恼火。不过他大概看出我写在脸上的迷惑，继续向我解释道：

“你可能会觉得我太严厉，但是我一直觉得这种人是没法做音乐的。即使他毕业以后，也很难在这个行业做出什么成就。”

“前辈，你会觉得当一个完美主义很辛苦吗？有一些人可能想比较随心所欲地活着，不想要那么大的压力啊。他们就是想要一些很简单的快乐啊。”

“那是一种很低级的快乐。”

“低级的快乐？”

“没错。”前辈把食物分到我的碗里，向我解释起来，“我们经常不愿意把事物分成高低，唯恐冒犯了什么。但是，无论是艺术作品，还是快乐，都是有高低之分的。比如说，喝酒抽烟很快乐，但是它的快乐是当下的，结束以后就什么都没有，反而可能对身体有危害；再比如说，追求艺术上的完美，这个过程是很辛苦，甚至毫无快活可言，不过最后真的做出作品，那种快乐是做其他事情无法感受到的，那是一种造物主般的愉悦。”

“可是，对那些没有创造过完美作品的人而言，吃饭、喝酒、谈恋爱的快乐就很够用了啊。”我说。

前辈用同情的眼神看了我一眼，缓缓地说：“你还是不明白，人只能活一辈子。”

“这个和一辈子有什么关系？”

“这个世界上有很多好吃的东西，但是有一个人，他却以为泡面是最好吃的东西，一直吃到死也没有尝过其他东西。快乐也是同样的道理。只追求低级的快乐，却不愿意辛苦一点儿，得到更高级别的快乐，这个行为本身就挺可悲的。”前辈说这段话的时候，语速很慢，像是给不明事理的孩子解释一个复杂的问题，“快乐是重要的，但是仍然有比快乐更重要的东西。舍弃一些眼前的快乐，换取更高级的快乐，是很值得的。”

“我好像有点儿明白，又有点儿不明白。”

“没关系，我像你这么大的时候，也不明白。”

这个话题似乎就此告一段落。前辈把谈话的内容转移到钢琴伴奏上，仔细地讲述他对于这次演出的期待和要求。他身上最最闪光的地方莫过于他是一个极度强调“克制”的人，他不允许在演奏上失控，不允许生活是混乱的，不允许自己做出野蛮的行为。在这个世界上，大部分经历过十多年职业演奏生涯的艺术家，都不太愿意再为艺术好好演奏，他们更喜欢去骗骗小姑娘，叫个红颜知己到酒店大堂喝一杯，欢乐地回房间闹一闹。

前辈和他们不一样，他像是一个刚刚出道的艺术家，仍然渴望给他人带来快乐，仍然害怕会做得不够好。我不知道这份坚持是从何而来，大概是天赋，当然也有强大的内心作为支撑。

“只在艺术上追求完美不就好了吗？为什么在生活中也要这样做呢？不会觉得累吗？”晚上 10 点钟，我们结账离开了小酒馆，我抛出了最后一个问题。

“人是一个整体，不可能在 12 小时是完美主义者，剩下的 12 小时就变成无所谓的懒蛋。而且，不要把完美主义等同于累啊，那些非完美主义的人，不也经常把自己的生活过得乱七八糟的吗？也没有看他们幸福到哪里去啊。”

/ 四 /

音乐会很顺利，当天的观众很热情，不少人激动地站起身喊着“Bravo”[1]，前辈连续返了好几次场，观众仍然不满足，久久不愿意离去，激动而愉悦的气氛弥漫着整个音乐厅。

1　意大利语，即精彩。

我听过很多音乐会，却从来没有一次像前辈的演奏那么激动人心。这让我想到小时候去听前辈音乐会的情景，尽管是不一样的曲目，却似乎都同样美好。

在长达十年的岁月里，前辈坚持着十年如一日的练习与演奏，职业演奏家的生涯中充满了各种诱惑，他却视而不见，以卓越的天赋与心智，完成了许多不可能的事情。在外界，有许多人想象他的人生过得并不愉快，苦行僧一般的修炼必然是艰苦的。我却不这样认为，他选择适当而不放纵的娱乐，选择极致而非随性的生活态度，都是因为享受到了其中的快乐。音乐家是有些奇怪的群体，但是，他们不是笨蛋，偏要去做一些让自己不痛快的事情。

我长大以后，渐渐认识了一些和前辈一样的人，也认识了一些真的完全不在乎事情做得好不好的人。有意思的是，前者虽然很累，后者看起来似乎带着一种“享乐主义”的调调，不过，在绝大多数的情况下，前者往往比后者过得更幸福，拥有更多的物质和精神生活。似乎对于前者来说，“完美主义”深入内心，所以他们不能容忍自己不够好，这个驱动力不断引领着他们进步，以至于能碰到很多好的事情。

我不知道快乐是否应该分成高级和低级，大约这个划分是不公平、具有偏见色彩的；我知道的仅仅是——适当舍弃眼前的快乐，获取长久的快乐，是值得的。

关于阅读的几件事

/ 一 /

我的整个童年时光，最大的娱乐就是阅读。

其中的原因并非我出身于书香门第，抑或是天赋过人；而是我的父母是极度传统的父母，在他们眼中“电视”“游戏机”绝对是万恶之首，并且他们坚信所有的流氓混混儿都是因为电视看太多而造成的。他们为了培养我不看电视的良好习惯，甚至也牺牲自己看电视的时间，只会看看早间或者晚间新闻，一旦时间到了，就立刻关电视。在我面前只有两个选择，要么和父母聊天作为娱乐，要么就回到书房里好好看书。纠结之下，我更加偏好后者——倒不是说我家庭关系不和睦，而是有时候和父母并没有那么多话可以天天彻夜长谈。

至今为止，我还记得自己读过的第一本小说，大概是在小学二年级。我的家乡是一座工业城市，里面充满各种外来务工人员，大概是这个缘故，打工文学曾经在这座城市里高度盛行。

有一天放学，我照旧走在平日经常走的小路上，前面不知道什么时候多了个大叔，拉着三轮车摆起书摊儿来。书很便宜，大概是十块钱三本，我掏出零花钱，在里面挑了三本书，其中有一本小说，另外两本应该是漫画。

那本小说的名字叫作《爸爸爸爸》，书名听起来挺纯洁的，感觉作者似乎要大篇幅地论述父爱的可贵之处。当时我心情激动，打算阅读完人生的第一本小说，谁知道刚看了三分之二，我就已经彻底惊呆了。

这本小说大概是讲一个农村少女到城里打工，不幸失足堕入风尘，然后父亲过来求她回老家的故事。现在听起来感觉还挺正常的，然而对一个二年级的小孩子而言，这种故事实在是重口味到极点。不过这本书倒是大大打开我的眼界，从那以后，我的读书范畴从《知音》到《简爱》，统统照看不误。

小学的语文老师是一个保守的中年阿姨，她某次发现我的阅读书目后，很是痛心疾首，把我拉到办公室里狠狠地教育一顿。她斥责道："这些书对你有什么好处？"我被问得哑口无言，心中也升腾起一个巨大的疑惑。对啊，这种书，到底对我有什么好处？这个困惑让我过得挺纠结的，导致我在很长一段时间里，每次读课外书都有一种沉重的负罪感。

在大约四年级的时候，我暗恋的男生进入了速读班，出于对他执着而幼稚的喜爱，我央求妈妈也去和老师说情，让我进入速读班学习。教速读班的老师是一个抑郁不得志的文学男青年，他最大的梦想是出版一本自己的小说，却不知怎么的沦为教小学生的老师，只能在课堂里给小孩子读读自创的意识流小说。

他提倡“想要提高理解力和阅读速度，首先得读得够多”，我曾经问过他读什么书比较有用，他很诧异地看着我，抛出一句：“读书最忌讳功利心，读你真正喜欢的书，别管它到底有没有用。一本书的用途是有限的，只有读到 1000 本书以上，书对人的影响才会显露出来。”

尽管这位老师最终也没有出版一本小说，在我的记忆中，他总喜欢写一些意识流的小诗和小句子；但是从教学角度上，他的确是一位非常出色的老师。他给了我一个阅读的正当理由，从那以后，我稍微放下一些负罪感，开始畅快地阅读起来。

后来，我和朋友聊起这件事情，朋友说，我们有时候会缺乏做某件事情的勇气，这个时候如果有一个权威、你所信任的人跳出来支持你，你立刻就有勇气继续做下去了。

这位老师，大概就是我的勇气吧。整个小学期间，我读完了 500 多本书，全是他的功劳吧。如果有机会，还真想读读他写的作品啊。

/ 二 /

我真正开始读“正儿八经”的专业书大概是在青春期。当时教授我专业课的老师，建议我在业余时间多阅读一些音乐史、和声学以及演奏技巧方面的书籍，并且，他希望我每个月提交两份读书心得。按照老师给的书单，我把它们都买了下来。回家打开一看，里面很多东西讲得太艰涩，几乎看不明白。其中有一本书，从头到尾都在讨论古希腊戏剧，里面还夹杂着烦琐的古代记谱法。

我跑去和老师抱怨这些书太难懂，他漫不经心地说："我像你这么大的时候啊，这些书都看完了啊。系统地学习一门学科对你有帮助，多花点儿心思吧。"最后，我夹着尾巴灰溜溜地跑回家，开始挑战这个不太能完成的任务。

这个阶段的阅读快感是被延迟的。如果你读一本精彩的推理小说，你会感觉到一幅巨大的帷幕在你眼前拉开，奇异的故事、心怀不轨的人物似乎正环绕在身边，上演着一出令人神往的戏剧。但是，刚刚开始阅读一本关于音乐史的书籍，你会被从未见过的词汇击败，还对作者提起的典故一头雾水，根本不知道他到底要说些什么。

我连续读了差不多两个星期的时间，仍然对其中许多地方一头雾水，迷迷糊糊地翻了过去。因为看不明白，所以我一直没有写读书笔记，一直拖延到被老师说"再不交笔记，下星期你就不用来上课了"，迫于无奈，我才开始认真思考应该怎么写读书笔记。

按照老师的要求，读书笔记将会分成三个部分进行撰写，第一个部分是内容的概述，第二个部分是内容的延展，相关资料的收集；第三个部分是自我的分析。有趣的事情发生了，在磕磕巴巴地写完第一部分后，我惊讶地发现，在写笔记的这个过程中，原本杂乱无章的知识，瞬间变得清晰起来，曾经为之困惑的知识点，通过撰写笔记，渐渐地也被梳理得清晰和有条理。

这是一段非常有趣的经历，直到今天我仍然沿用这个经验；在学习任何新知识的时候，我都会撰写详细的读书笔记，把书中的内容进行整理分析。所谓学习，就像是遇到一团色彩各异、杂乱无章的毛线球，你需要把它统统整理出来，按照颜色和材质进行分类。要完成这个过程，你要保持思考，保持条理性，以及不断地研究这堆毛线。游戏规则是这样的，你只有把毛线整理明白，才能把它们占为己有，织成你喜欢的毛衣或者围巾。

中学时期的暑假，我曾经在亲戚的宠物店里帮忙。亲戚对于训练金毛犬有独特的心得，他坚持金毛不能每天都吃妙鲜包，它需要得到规律、科学的训练；否则长大以后，真的就成一只傻乎乎的小胖狗了。我想，适当选择一些不那么让人“爽”的读物，深入地学习某个领域，为的就是不在10年后变成傻乎乎的小胖狗啊。更何况，人类的可爱程度和金毛比起来，真的逊色不止一个档次啊。

/ 三 /

说起来惭愧，我真正地大量阅读英文文章，是在复习托福的那段时间。

刚开始做阅读的时候，内心觉得非常狂躁，里面有很多内容别说英文是什么意思了，有一些讨论农业、海洋生物的词汇翻译成中文我也看不太懂。不过，如果要战胜这个考试，唯一的方法就是读下去，大量地读，直到能读懂为止。

为了避免痛苦感蔓延身心，我选择把托福阅读题当成《十万个为什么》，或者果壳网上的小文章来阅读。好奇心是很重要的东西，比如说，恐怖电影中的女主角就是好奇心太重，才会被鬼吓得半死，好奇心驱动了整部电影情节的发展。而在阅读中，好奇心让无趣变得有趣。

我很喜欢充满好奇心的人，他们身上散发着一种求知、探索的渴望，这种气质让他们变得格外性感。强烈的好奇心驱动他们阅读、积累知识，最终沉淀出诱人的气质；其次是好奇心让人渴求更高层次的知识，避免我们陷入家长里短、三毛五毛的琐碎事情。

有人认为，学习最重要的是意志力，而非其他东西。可是，意志力本身是毫无意义的，我们为什么要坚持阅读？如何能坚持学完高等数学？在意志力之后，必然是以欲望、目标作为支撑。求知欲是一种很激烈的欲望，它是贪婪的、不容易被满足的；为了填满这个欲望，你自然而然会想去学习更多知识，花费很多精力去读书。大部分拖延症患者或许要做的不是“制订计划”，而是重新唤起对知识深切的渴望。

/ 四 /

桃子酱是我的绘画课老师。她是那种长相甜美、生活幸福、有点儿小钱的女生，性格很温和，和每个人都能成为不错的朋友。

班里有一个女生却是桃子酱的反面，她在生活中常常遇到很渣的男生和闺密。有一次下课后，她忍不住请教桃子酱，到底怎么样才能远离不靠谱的人，拥有顺利的人生。桃子酱想了想，说，多读读书，多去思考生活。等你拥有分辨好坏美丑的能力，自然就能过上美好顺畅的人生。

后来，我和我的表妹提起桃子酱的这段话。表妹对此深表厌恶与不屑，她认为打游戏、泡夜店和读书是一样的，没有什么特别的意义和趣味。早些年，我无数次想过把她扔海里算了。不过现在想想，阅读的用途确实不多，它只有两个简单的用途，第一个是提供知识，第二个就是让我们爽一爽而已。

话虽如此，我仍然觉得，书这种东西，还是要读的啊。

PART 5
学会做正确的事情，而不是容易的事情

每一段感情，都必然会从虚幻的美感步入实际

仔细想想，其实我这个问题可能算不得什么问题，只是我自己心里的一点儿疙瘩吧，而且属于比较现实的类型。我是浙江人，大学毕业两年，农村的，家庭条件不太好，家里有欠款，不过，在可预见的未来应该可以得到改善。我男朋友是西北某个省的，比我早一年毕业，大约也算农村人，家庭条件比我好一点儿。他父亲原来做点儿生意，有些存款，不过他父亲在两年前不幸去世了，所以他现在只有母亲，家里还有一个弟弟。

我们交往已经两年半，目前感情很好，在大多事情上能得到一致的想法。而我心中的疙瘩主要来自两方面：

一、他母亲。

根据他的说法，他的母亲是一个温和善良的人，但是对他还有他父亲又是冷漠无情的（这个观点我一直很不能理解）。而且，他的母亲在他父亲去世不到两个月的时候就跟一个大家都看出来就是为了骗钱来的男的（他们家正好碰到拆迁，赔偿了一块地跟几十万块钱）悄悄领证再婚，瞒着家里所有人。而现在已经因为这个男的在发生各种扯皮的事情。

男友有意在以后我们自己买房之后把他母亲接来同住，而我根据之前所发生的事情对他母亲的印象差到了极点，不能确定自己能和她和睦相处。

二、我们家。

上面说过，我们家的家庭条件不算好，但是因为地方风气，人情往来各方面都喜欢打肿脸充胖子，否则就是穷酸气（我妈妈就一直觉得我男朋友有一股“外地人”的穷酸气）。而我毕业工作之后不可避免地需要把收入的相当一部分用来贴补家用。男朋友偶尔用玩笑的口气说过我，认为我的钱都要拿去贴补家用，都不知道存点儿钱以后买房，他一个人压力挺大。虽然他不是很经常或者很严肃这样说，但是我知道这是他心里的想法。而且，对于未来可能发生的我们家的一些人情，比如我弟弟结婚的时候我需要给的红包之类的“行情”，我给他打了一些预防针，果然他十分反感，而且表示，如果那时候经济拮据，是绝对不会出这么多的。这件事情上，我基本上可以预见以后会有几次闹腾。虽然我们家那边的一些风气我也不赞同，觉得不合适，但是，毕竟是我的家人，又在农村，闲言碎语特别多，大约我还是会要尊重家里的习惯，而这势必造成我跟他之间的矛盾。

以上的这两个疙瘩其实还没有发生，只是隐患，但是我一直觉得忧心忡忡，偶尔想起的时候总是情绪低落。我也不知道自己想问什么，大约是想得到一些解决的办法吧。

/ 艾小玛的回答 /

每一段感情，都必然会从虚幻的美感步入实际。

这个与现实无关，而是生活就是通过一个个细节堆积起来的。今天要不要去吃咖喱饭？明天要不要回婆婆家？晚上一起看什么电影？唯有处理好每一个细节，生活才会顺利起来。

你这里所讲的两个疙瘩，某种程度上说是两个巨大的隐患。它映射了两个重要的价值观——如何对待彼此的家人？如何处理金钱？

解决这个问题唯一的办法是——沟通与寻找平衡。

你们坐下来好好地聊一下这个问题，说出自己的顾虑和感受，不对彼此的价值观进行批判、攻击，真正地去读懂对方想法背后的动机。有时候，站到自己的角度看待对方，常常会被其中的不合理所震惊，唯独坐在他的旁边，才能看懂他到底是怎么想的。你能接受一个有这样想法的男人吗？这个过程不仅能理解对方是谁，也能让你清楚知道“我在选择的是一种什么生活”。

下面要讲到平衡。

在一段感情里，很难说某某人说了算，你们需要在彼此的矛盾中找到平衡点。比如说，不想和对方母亲同住，能不能在附近租一间小房子？给父母的钱能不能设定一个限额，制定一些规矩？你们可以找到彼此认同的共同点，把有分歧的地方拿出来一一讨论，划定其边界。

以上的方法听起来冷酷无情，就像是在会议室里的谈话。我曾经也一度以为爱情就是轰轰烈烈，随心所欲，但是，当我发现那个人是“如此珍贵”的时候，禁不住就想做一些什么让彼此过得更好。而处理这个事情的过程，就需要细心、理解、爱意、坦诚，以及尽可能地避免任性与伤害。

既然心中觉得有隐患，就一定要尽快解决。隐患就好像长智齿一样，不拔就会一直疼，倒不如痛痛快快地解决掉吧。

理解是一件很重要的事情

小玛你好呀，第一次发豆邮问情感问题。最近很纠结呢，跟男朋友处于都知道要分手的状态，但是双方都一直不提，也都不联系对方了。在一起两年了，每次都是因为同一个问题吵架，每一次……就是他不懂我的专业是干吗的，我就一直跟他解释，他也不愿意听或者怎么样，就是觉得我就是随便画画的，能有什么。有的时候说忙，他也不信。然后我就很无语，网上也有那么多吐槽学建筑的，他就是只愿意相信自己脑补的东西。然后每次我都不高兴，他就开始进入委屈模式，开始哭什么的……我实在受不了了，就提出分手。但是很多人就说，哎呀，他对你那么好，这点儿小事。我觉得没有理解只有忍耐的爱不能接受，可是我也知道我不珍惜眼前人，所以觉得很愧疚。理解这个东西，到底重要不重要？爱到底是什么？

/ 艾小玛的回答 /

我还挺理解你的心情。在外面，被其他人吐槽是没有关系的事情，如果连自己身边的人也不认可自己，真的会觉得超级郁闷。而且，你身为被误解的人还没有哭，他却哭起来，真的还挺烦躁的呢。

“对你好”的人其实并不难找，真正难找到的是“真正理解你的人”。唯有彼此双方拥有深刻的理解，才可能拥有幸福持久的爱情。比如说，你去找个闺密也会要求彼此之间有些共鸣，何况是找男朋友呢？

珍惜眼前人，是珍惜真正让你快乐的人；光是觉得对方不错，放过有点儿可惜而抓住，这个并不是珍惜，而是对自己的青春、对别人的时间的不尊重。

我想说的是，你并没有小题大做，理解是一件很重要的事情。

爱并不是吃饭喝咖啡，逛街看戏，它是竭尽所能地理解、呵护对方的玻璃心，维护对方的利益。

爱撩骚是一种慢性疾病

我和男朋友是大学同学。他各方面条件都不错，目前我们交往了差不多半年。

三个月前，我无意中发现他在手机里装了陌陌，他辩解说是因为好奇，想看看别人的软件怎么做的。他是一个程序员，所以我就没多想。后来，我看他的聊天记录，发现他和很多女生都聊得很暧昧，还有聊到 sex。我和他发脾气，他就当着我面卸载了。但是过了不到一星期，他就在 iPad 上下了一个陌陌，继续和妹子勾搭，还要约见面。

后来我们又吵架，他开头有认错的态度，不过后来又强硬起来，说男生就是花心，希望有很多妹子围着自己。他还说我不够关心他，这件事情到底是不是我的错？我怎样才能改变心态？

/ 艾小玛的回答 /

我觉得他很鸡贼。

就是明明自己犯错了，还不断给自己找合理化的理由。什么男人的天性之类的，根本站不住脚啊。人类有很多很多的天性，但是环境也产生了变化，人必须进化、修正自我。坚持那种“男生就是花心”的观念的人，不是笨就是坏。

当别人做错事情的时候，改变心态有什么用？改变心态，这件事情就变成对的了吗？换个角度看问题，问题就真的会消失，他就再也不会勾搭妹子了吗？

爱撩骚是一种慢性疾病，很难治好，你可以警告他，观察他；他若是坚持不改变，仍然玩偷偷摸摸的把戏，你就应该考虑彼此是否应该继续下去了。

平凡女生怎样遇到不平凡的男生？

请问平凡女孩怎样受到优秀男生的关注？

/ 艾小玛的回答 /

我的答案是：变得不平凡！

优秀的男生那么辛苦变得优秀，当然希望能找到一个比较好的女朋友。

当然，也要看你所谓的“优秀男生”到底有多优秀？如果只是希望有房有车、家境不错之类的，那个太简单了，把自己打扮得美美的，温柔贴心，努力提高个人修养，很快就会碰到这种男生。

如果你的“优秀男生”是念过名牌 Law School（法学院）、工作出色赚钱多、人品正直逼格高，那么你也需要有质的提升，不仅要变美，你也要去念一个更好的学校，或者在某个小领域做得非常出色才行。

无论是想找到优秀的合作伙伴，还是想要找到优秀的另一半，都要先把自己变成那样的人。这条道路不好走，也不容易；你需要心怀勇气、刻苦学习，怀揣绝不退缩的决心走到最后。走到了，算你成功；没走到，也已经收获满满一筐果子。

爱男朋友和宠坏男朋友

我和男朋友在一起差不多两年时间。开头的时候很甜蜜啦，彼此都很珍惜。不过我一直觉得自己对男朋友真的太好了，他和女生出去看电影，夸其他女生漂亮，我都默默忍耐……现在感觉有点儿宠坏男朋友，因为感觉他对我不太尊重，前段时间一直说公司前台美眉比我好（真的很伤心啊）。爱一个人就很想对他好，但是为什么对他好以后，对方反而不珍惜了呢？我是不是应该冷一下，欲擒故纵一下？求助！

/ 艾小玛的回答 /

“对男朋友好”和“宠坏男朋友”是两种不一样的东西。对他好是呵护 + 尊重 + 对方做错事情，你温和、讲道理地指出，共同讨论解决方法；宠坏男朋友是他做什么你都忍着忍着忍着，还觉得自己特别宽宏大量，对方也完全不明白做什么事情你会不高兴，最后，他根本不知道你的底线在哪里。

那些从来不珍惜别人对他好的人，其实挺可怜。他们就是不配得到好的东西，活该一辈子被低级的伎俩所牵制。我们要去找那种“懂得珍惜别人”的正常男人，而不是想怎么在驴面前拴胡萝卜。好男人很多，坏男人也不少，千万不要遇到一个坏男人，就认为所有男人都是那样的。

不甘心是悲剧的起源

亲爱的艾小玛，我和前任已经分手半年了。在交往的日子里，我付出了很多，教他怎么穿着打扮，怎么和同事相处，算得上是帮他逆袭了。后来，因为他劈腿而分手了。

最近无意又碰上，他竟然要结婚了，还说以后要生两个孩子，再也不玩儿了。我觉得特别不甘心，一方面他竟然找了个那么没档次的女人，他的朋友也觉得很费解；一方面觉得自己白付出了，白搭进去两年的青春。现在特别不甘心，特别想报复他。

/ 艾小玛的回答 /

不甘心是很糟糕的情绪。

无论是古希腊戏剧，还是复兴时期的歌剧，不甘心总能燃起主人公熊熊的怒火，最后制造出毁天灭地的灾难。回望我们的现实生活，也是如此。面对无法挽回的败局，硬着头皮忘记是最理性的选择；当然，也是最难的选择。

问题是，你继续不甘心下去，除了延续痛苦，也无法阻挠对方幸福。报复的事情就不要想了吧，把对方电话号码放到小广告网站，或者恶语相向都太低级；拔刀相见、拼死拼命的下场就是监禁和牢狱，把自己的一生白白搭给人渣了。

前任就是前任，他过得好坏都与你无关。那些“付出”就是不慎丢失的百元大钞，心疼几天就算了，赶紧把生活过好才是正经事儿。

家人介绍的相亲对象未必靠谱

艾小玛，你好！

我最近有一个超级超级困惑的问题！我今年已经28岁，差不多也到了应该结婚的年龄了吧，父母介绍了很多相亲男。自认不是挑剔的人，但是来的男生也太可怕了！不是第一次见面就要求上床，就是喝咖啡的时候叼着牙签剔牙，还有上来就问我是不是处女的……

求教！我到底怎么了！！这些男人明明都是亲戚们介绍的！他们是不是涮我！！

/艾小玛的回答/

比起亲戚涮你的可能性，更大的概率是——他们也不了解这些男人。

家里人安排的相亲男生，大部分都比较在意外在的东西，比如说：收入情况、工作单位、家境、教育经历。他们能看见的是摊在台面上，不用思考就能了解的东西。

只是在这些条件的背后，他们是什么样的人？喜欢看 AV 吗？爱聊陌陌吗？大男子主义吗？容易劈腿吗？这些微小而重要的事情，他们都不知道，他们仍然以为这个男生挺不错的。

家人可能是心怀好意，但未必能识别出你的口味，以及对方是否真的靠谱。

吵架怎么办？

大概是在磨合期吧，经常和男朋友吵架。最纠结的是，他从来不让着我！男生不都应该让着女朋友的吗？他从来不这样！气死。

/ 艾小玛的回答 /

男生和女生吵架，不意味着男生应该永远让着女生，而是应该客观地讨论谁更有道理。

无论男女，都没有必要去迁就错的事情，吵架的本质应该是探讨，得出改进的方案。如果总是认为某一方在迁就，将会导致问题日益积累，最终不得不分手。没有必要纠结于输赢，而是要考虑问题是否得到解决。

你可以建议对方委婉一些、温和一点儿，作为有风度的成年人不应该歇斯底里地大骂恋人，或者说伤害他人的话，同时也不应该仅仅为了对方开心，而放弃对于“对错”“寻找最佳办法”的探讨。

不要高估自己的理性

Emma 好！我认识了一个男人，他是已婚身份。他对我很好，经常来单位找我吃饭，对我很温柔。上次我生病了，他发了超级多的短信给我，第二天还给我送粥。我对他很心动。我知道当第三者不道德，不过我又觉得自己不会太投入，能 hold 住，也不会破坏他的家庭。我已经一年多没有谈恋爱，现在特别需要别人的关怀，我不知道他会不会是个好选择。

/ 艾小玛的回答 /

我只能说，千万不要高估自己的理性。

你现在已经心动，明摆着是 hold 不住，以后更不见得能 hold 住。你想想，从一段感情中抽离和停止跳火坑，是不是后者更容易一些?

在你的心底，你知道当小三是一件不太好的事情，又抗拒不住对方的诱惑；然后，你就会编织各种借口，来美化这件事情。这个并不是指责你，而是人的正常心理，我们常常会通过扭曲对客观事物的认知来让自己好受一点儿。

肚子很饿，冰箱里只有一个烂苹果。怎么办？不要吃它，拿上钥匙和钱包，到街对面来一顿可口的食物吧。

别把 sex partner 当真爱

我们曾经有过短暂的交往，差不多是三个月。中途由于我作，经常和他发脾气，最后分手了。分手后，我们不知道怎么又联系上了，变成了 sex partner（性伙伴）的关系，他有需求的时候会来找我，没有需求的时候就不接电话。我每次都不忍心拒绝他，他又不愿意复合，最近好像交了新女朋友。艾小玛，你说我是不是没有机会了。

/ 艾小玛的回答 /

感觉起来真的没什么机会的样子呢，说真的，你们都当那么久的 sex partner，那就真的是 sex partner 啦！要是复合早就复合了，根本不会发展到现在他有了新女朋友。

这种关系让你觉得很困惑吧？有一些人就是可以把欲望与情感分开，有一些人却会把身体互动误解成爱意。嗯，强烈建议你狠狠心、断绝联系，前几天也许痛不欲生，不过，长远来看受益无穷啊。

THE
AND